Tucholsky Wagner Zola Scott Sydow Freud Schlegel
Turgenev Wallace Fonatne Friedrich II. von Preußen
Twain Walther von der Vogelweide Fouqué
Weber Freiligrath Frey
Fechner Weiße Rose von Fallersleben Kant Ernst Frommel
Fichte Richthofen
Engels Fielding Hölderlin
Fehrs Faber Flaubert Eichendorff Tacitus Dumas
Eliasberg Ebner Eschenbach
Feuerbach Maximilian I. von Habsburg Fock Eliot Zweig Vergil
Ewald
Goethe Elisabeth von Österreich London
Mendelssohn Balzac Shakespeare Dostojewski Ganghofer
Trackl Lichtenberg Rathenau Doyle Gjellerup
Stevenson Hambruch
Mommsen Tolstoi Lenz Droste-Hülshoff
Thoma Hanrieder
Dach von Arnim Hägele Hauff Humboldt
Verne
Karrillon Reuter Rousseau Hagen Hauptmann Gautier
Garschin
Damaschke Defoe Hebbel Baudelaire
Descartes
Hegel Kussmaul Herder
Wolfram von Eschenbach Dickens Schopenhauer Rilke George
Bronner Darwin Melville Grimm Jerome
Campe Horváth Aristoteles Bebel Proust
Bismarck Vigny Barlach Voltaire Federer Herodot
Gengenbach Heine
Storm Casanova Tersteegen Gilm Grillparzer Georgy
Chamberlain Lessing Langbein Gryphius
Brentano Lafontaine
Strachwitz Claudius Schiller Kralik Iffland Sokrates
Bellamy Schilling
Katharina II. von Rußland Gerstäcker Raabe Gibbon Tschechow
Löns Hesse Hoffmann Gogol Wilde Vulpius
Gleim
Luther Heym Hofmannsthal Morgenstern
Klee Hölty Goedicke
Roth Heyse Klopstock Kleist
Luxemburg Puschkin Homer Mörike Musil
La Roche Horaz
Machiavelli Kierkegaard Kraft Kraus
Navarra Aurel Musset Moltke
Nestroy Marie de France Lamprecht Kind Kirchhoff Hugo
Laotse Ipsen Liebknecht
Nietzsche Nansen Ringelnatz
Marx
von Ossietzky Lassalle Gorki Klett Leibniz
May vom Stein Lawrence Irving
Petalozzi Knigge
Platon Michelangelo Kafka
Pückler Kock
Sachs Poe Liebermann Korolenko
de Sade Praetorius Mistral Zetkin

Der Verlag tredition aus Hamburg veröffentlicht in der Reihe **TREDITION CLASSICS** Werke aus mehr als zwei Jahrtausenden. Diese waren zu einem Großteil vergriffen oder nur noch antiquarisch erhältlich.

Symbolfigur für **TREDITION CLASSICS** ist Johannes Gutenberg (1400 — 1468), der Erfinder des Buchdrucks mit Metalllettern und der Druckerpresse.

Mit der Buchreihe **TREDITION CLASSICS** verfolgt tredition das Ziel, tausende Klassiker der Weltliteratur verschiedener Sprachen wieder als gedruckte Bücher aufzulegen – und das weltweit!

Die Buchreihe dient zur Bewahrung der Literatur und Förderung der Kultur. Sie trägt so dazu bei, dass viele tausend Werke nicht in Vergessenheit geraten.

Liebesgeschichten des Orients

Franz Blei

Impressum

Autor: Franz Blei
Umschlagkonzept: toepferschumann, Berlin

Verlag: tredition GmbH, Hamburg
ISBN: 978-3-8495-2928-4
Printed in Germany

Text der Originalausgabe

Franz Blei
Liebesgeschichten des Orients

mit einem Vorwort
von Franz Blei

Paul Steegemann Verlag Hannover

Viertes bis achtes Tausend.

Gedruckt bei Julius Klinkhardt in Leipzig 1923.

Liebesgeschichten des Orients

mit einem Vorwort

von

Franz Blei

Paul Steegemann Verlag Hannover

Franz Blei / Vorwort

Die Literaturen des Orients haben drei verschiedene Quellgebiete, aus denen sie ihre Inspiration holen oder holten, besser gesagt, denn die Quellen sind seit langem verschüttet. Erschöpft ist die althebräische Quelle, nachdem sie die Literaturen Vorderasiens gespeist hat bis an die Südostspitze Arabiens und bis an das afghanische Bergland. Erschöpft ist die Quelle des Sanskrit. Und der dritte originäre Kreis, China, dem der ganze asiatische Osten seine literarische Eingebung dankt, ist steril geworden. Frühesten Einfluß auf europäische Inspiration gewann das örtlich nächste: die althebräische Literatur in ihren erzählenden weltlichen Gebilden, z. B. der wollüstigen Erzählung Ruth oder dem Hirtenlied von der Sulamith. Die erzählende griechische Prosadichtung wird diese hebräischen Gebilde gekannt haben. Zeitlich später begann das örtlich fernere Indien auf Europäisches zu wirken: ein großer Teil dessen, was wir seit den Gesta Romanoruman Märchen und Erzählungen, zumal erotischen Charakters, in den frühern europäischen Literaturen besitzen, z. B. der altitalienischen, der altfranzösischen Novellistik, stammt aus indischem Urgut. Ohne jede Wirkung auf Europa blieb allein China. Wenigstens ohne direkte Wirkung, denn über Indien und in indischem Gewande dürfte manches zu uns gekommen sein.

Zwei elementare Motive, in ihrer Menschlichkeit allgültig, bringen fremdes nahe und machen es zu eignem: die Deutung der Welt ist das eine, die Liebe ist das andere Motiv, Erkenntnis der Welt, Erkenntnis des Weibes. Das eine tendiert zu Systemen, in denen alle Mannigfaltigkeit auf das Eine gebracht wird, das andere bricht das Eine in alle Mannigfaltigkeiten seiner unerschöpflichen Erscheinungsformen. Dort die eine Geschichte der Götter, hier die abertausend Geschichten der Menschen. Dort wird das in der Lehre Empfangene und Weitergegebene Glaube und Kult, in der Liebe wird altes immer aufs neue als neu erfahren mit Lust und Schmerz, und wird immer aufs neue davon berichtet. Erst in der indischen Dekadence treten gewisse Regelbücher und Traktate der Liebe mit so etwas wie kultischem Anspruch auf, wie in Europa auch erst das Christentum den Versuch machte, die Liebe zu kanalisieren, da es sie, wie Paulus und nach ihm Marcion gern gewollt hätten, nicht abschaffen konnte. Wie dieses längst ungläubig gewordene Europa immer noch daran festhält, die Liebe, diese individuellste Freiheit, zu reglementieren, wo doch die Ansprüche der modernen Gesellschaft nur zwei Fälle kennen, in denen das Gesetz sein Recht hat: im Falle der Notzucht, die Beraubung ist, und im Falle des Ehebruches, der eine Vertragsverletzung ist – diese außerordentliche Vorliebe der Moralisten und Gesetzgeber für den sechsten Sinn, diese sinnlos gewordene Erbschaft einer Moral, welcher die Religion, ihre Quelle fehlt, ist eines der vielen Zeichen der Schwächung dieses sechsten Sinnes. Ein gläubiger Christ kann und muß daran festhalten, daß die Unkeuschheit eine Sünde und von Gott verboten ist. Behauptet dies aber ein Ungläubiger, so redet er Unsinn. Und versucht er es »wissenschaftlich« zu begründen, indem er ausführt, daß die Unkeuschheit dem sie begehenden Menschen schade und Staat und Gesellschaft dazu da seien, ihn vor solchem Schaden zu bewahren, ja ihn auch noch dafür zu strafen, daß er sich schade, so verirrt sich solcher Beweis völlig ins Absurde, denn das Leben schadet dem Leben immer: man lebt unter Verminderung seines Erhaltungswertes von dem Moment ab, da man geboren wurde.

Aus den mannigfaltigen Stücken, welche der Übersetzer aus den orientalischen Literaturen unter dem künstlerisch gerechtfertigten Gesichtspunkte des Liebesmotives ausgewählt hat, wird dem Leser zunächst dieses auffallen müssen: die Naivetät, mit welcher die orientalischen Völker ohne Ausnahme geschlechtliche Dinge ansehen, nicht anders, als es die alten europäischen Völker taten, wovon sich Reste bis in die Renaissance noch erhielten, wo ein Papst den Aretino wegen seines Talentes zum Kardinal machen wollte – trotz oder eben wegen des Talentes der Sonnetti lussoriosi. Dem Orient ist der Begriff wie das Wort des Schlüpfrigen ganz fremd. Der Orientale lacht wohl über den in der Liebe Geprellten, den Hahnrei, aber alles, was mit der Leidenschaft zu tun hat, nimmt er durchaus leidenschaftlich und in einer untrennbaren Einheit des Seelischen und Leiblichen; er setzt das eine dem andern nicht vor, unterwertet das eine nicht auf Kosten des andern, blickt nie weg, um heimlich zu grinsen. Das sexuelle Grinsen ist wie die schmutzige Literatur eine europäische Verfallserscheinung, die Rabelais noch nicht kannte und die zuerst im England des frühen 17. Jahrhunderts auftauchte und gerade hier, wo eine moralische Orthodoxie sondergleichen eine bis auf das Harmloseste gereinigte und so gefälschte Literatur erzeugt, daß sich in einem richtigen englischen Familienroman auch heute noch ein Brautpaar nie einen Kuß gibt. Diese Störung des Gleichgewichtes im Sinnlichen mußte die heimliche Pornographie hervorrufen, die im 19. Jahrhundert ihre höchste Blüte erreichte; und sie mußte eine Unsicherheit in Urteil, Anschauung, Behandlung zur Folge haben, die Flaubert wegen der Madame Bovary, Baudelaire wegen der Fleurs du Mal den Prozeß wegen Unsittlichkeit machte. Baudelaire erzählt in seinem Tagebuch von einem Besuch, den er mit einer gemeinen Straßendirne dem Louvre abstattet, den das Mädchen zum erstenmal sieht, und er berichtet den Ausspruch der Prostituierten vor den alten Meistern, daß ›diese Schweinereien ein Skandal seien und sie sich nur wundere, daß man derlei dulde‹! Aber es urteilt der sogenannte Gebildete nicht anders, der die bronzene Plastik eines weiblichen Leibes »künstlerisch« bewundert, um doch das nackt tanzende Modell dieser Plastik dem Staatsanwalt wegen Unsittlichkeit anzuzeigen.

Ich weiß nicht mehr, in welchem Lande es war, noch wie der Richter hieß, der mit einer praktischen Definition der Scham diesen Fall entschied: eine junge schöne Dame vergnügte sich in ihrem Landhaus damit, vor einigen Freunden nackt zu tanzen. Die nicht ganz schließende Jalousie eines Fensters gestattet es Passanten, indiskret zu sein, und einige dieser Neugierigen rächten sich an ihrem Vergnügen durch eine Anzeige bei Gericht. Der Richter ließ diese Neugierigen und die Dame sich entkleiden, wies auf die also Nackten hin und sagte zum Volke: »Hier, seht euch jene an, die sich beklagen, eines Abends durch ein schlechtschließendes Fenster die Haut dieses Mädchens hier gesehen zu haben.« Man kennt aus solchen Prozessen immer nur die Amtsperson, welche jene Personen vertritt, welche den sittlichen Anstoß genommen haben, – diese Personen selber bleiben im Dunkel. Aber man weiß längst, daß ihre merkwürdigen Instinkte das Licht sehr zu scheuen haben; man weiß, daß ihre sittliche Entrüstung immer nur der nachfolgende Ärger über ein ohnmächtiges geschlechtliches Vergnügen ist; durch die Anzeige rächen sie sich an dem unfreiwilligen und von ihnen mißbrauchten Objekt ihrer schmutzigen Geschlechtlichkeit. Die Sittlichkeitsschnüffelei ist der Geschlechtsgenuß des Impotenten.

Die Stücke dieser Sammlung orientalischer Liebesgeschichten gehören fast ohne Ausnahme einer frühen Zeit des Schrifttumes an und einer noch weiter zurückliegenden Zeit ihrer mündlichen Verbreitung. Denn es ist kein Zweifel, daß das meiste schon lange erzählt wurde, bis es einen fand, der niederschrieb, was man erzählte. Der Übersetzer hat gut daran getan, zwei neuere Stücke, ein indisches und ein japanisches, des Kontrastes halber aufzunehmen: beide diese Stücke zeigen die gleiche Wertlosigkeit, gemessen an dem alten Erzählergut; man spürt in beiden den schlechten europäisch-modernen Einfluß. Die sparsame Auswahl aus dem Schatzhause von Tausendundeiner Nacht dürfte der Umstand motivieren, daß dieses große Erzählwerk, das größte des Orients, in vielen Ausgaben bekannt ist.

Die Truhe / Aus dem Arabischen

Ueddah, vom Lande Jemen, war berühmt unter den Arabern für seine Schönheit. Er und Om-el-Bonain, Tochter von Abd-el-Asis, dem Sohne Meruans, liebten sich, als sie noch Kinder waren, schon so sehr, daß eins vom andern nicht einen Augenblick getrennt sein mochte.

Als Om-el-Bonain die Frau des Ualid-Ben-Abd-el-Malek wurde, verlor Ueddah den Verstand. Nachdem er lange Zeit in einem Zustand von Wirrnis und Weh hingebracht hatte, begab er sich nach Syrien und fing an, täglich um die Wohnstätte Ualids, des Sohnes Maleks, umher zu streifen, ohne zuerst eine Möglichkeit zu finden, sein Begehren zu erreichen. Zuletzt begegnete er einem jungen Mädchen, das er durch beharrliche Fürsorge an sich zu fesseln verstand. Als er meinte, ihr vertrauen zu können, fragte er sie, ob sie Om-el-Bonain kennte.

»Freilich, sie ist ja meine Herrin,« antwortete das junge Mädchen.

»Nun denn,« fuhr Ueddah fort, »deine Herrin ist meine Base, und willst du ihr Nachricht von mir bringen, so wirst du ihr gewiß Vergnügen bereiten.«

»Ich will sie ihr gern bringen,« erwiderte das junge Mädchen. Und darauf lief sie alsbald zu Om-el-Bonain, um ihr Nachricht von Ueddah zu geben.

»Gib acht, was du sagst!« rief diese, »wie? Ueddah lebt?« – »Gewiß,« erwiderte das Mädchen. »Geh und sag ihm,« fuhr alsbald Om-el-Bonain fort, »er soll nicht weggehn, bis ihm von mir eine Botschaft gekommen ist.« Dann traf sie ihre Maßnahmen, um Ueddah bei sich einzulassen, und daselbst hielt sie ihn versteckt in einer Truhe. Sie ließ ihn heraus, um mit ihm zusammen zu sein, wenn sie sich in Sicherheit glaubte; und wenn jemand kam, der ihn hätte sehen können, so ließ sie ihn wieder in die Truhe gehen.

Eines Tages geschah es, daß man Ualid eine Perle brachte, und er sagte zu einem seiner Diener: »Nimm diese Perle und bringe sie Om-el-Bonain.«

Der Diener nahm die Perle und brachte sie Om-el-Bonain. Er ließ sich aber nicht anmelden und trat ein in einem Augenblick, als sie mit Ueddah zusammen war, also daß er einen Blick in das Gemach Om-el-Bonains werfen konnte, ohne daß sie danach acht hatten. Der Diener Ualids entledigte sich seines Auftrags und bat Om-el-Bonain, ihm etwas zu geben für das Kleinod, das er ihr gebracht hatte. Sie verweigerte ihm das streng und gab ihm einen Verweis. Voll Zorn auf sie, ging der Diener fort, begab sich zu Ualid, sagte ihm, was er gesehen, und beschrieb ihm die Truhe, in die er Ueddah steigen gesehen hatte.

»Du lügst, Sklave ohne Mutter! du lügst!« sagte Ualid. Und ungestüm lief er zu Om-el-Bonain.

Es waren im Gemache mehrere Truhen; er setzte sich auf die, in welcher Ueddah verborgen war und die ihm der Sklave beschrieben hatte, und sagte zu Om-el-Bonain: »Gib mir eine von diesen Truhen.« – »Sie gehören dir alle ebenso wie ich selbst,« antwortete Om-el-Bonain. – »Nun denn,« fuhr Ualid fort, »ich wünsche die zu haben, auf der ich sitze.« – »In dieser sind Sachen, die eine Frau notwendig braucht,« sagte Om-el-Bonain. »Ich will ja nicht diese Sachen, die Truhe möchte ich haben,« fuhr Ualid fort. »Sie ist dein,« antwortete sie.

Alsbald ließ Ualid die Truhe forttragen und ließ zwei Sklaven rufen, denen befahl er, eine Grube in die Erde zu graben so tief, bis Wasser käme. Dann näherte er seinen Mund der Truhe und rief: »Man hat mir etwas gesagt von dir. Hat man mir Wahres gesagt, so sei jede deiner Spuren von dir getrennt, so sei jede Kunde von dir begraben. Hat man mir Falsches gesagt, so tue ich nichts Schlechtes, wenn ich eine Truhe vergrabe; dann wird nur Holz begraben.« Er ließ dann die Truhe in die Grube stoßen und Steine und Erde, die man aufgeworfen hatte, darauf schütten.

Seitdem besuchte Om-el-Bonain unablässig jene Stätte und weinte daselbst, bis man sie eines Tages fand ohne Leben, das Gesicht auf der Erde.

Die Kurtisane und der Kaufmann / Aus dem Sanskrit

In der Stadt Mattura in Bengalen lebte eine Kurtisane von großer Schönheit namens Vasavadatta, die sich heftig in den jungen Upapusta, den Sohn eines reichen Kaufmanns, verliebte, als zum erstenmal ihre Augen auf ihn fielen. Sie schickte ihre Magd zu ihm, ihm sagen zu lassen, daß sie ihn mit Freuden in ihrem Hause empfinge. Aber Upapusta kam nicht. Er war keusch und voll Frömmigkeit; er besaß das Wissen; er beobachtete das Gesetz und lebte nach den Lehren Buddhas. Deshalb verachtete er die Liebe dieser Frau.

Da geschah es bald darauf, daß Vasavadatta wegen eines Verbrechens zum Verlust der Hände, Füße, Ohren und der Nase verurteilt wurde. Man führte sie auf einen Kirchhof und das Urteil wurde vollstreckt. Man ließ Vasavadatta an dem Orte, wo sie ihre Strafe erlitten hatte. Sie lebte noch.

Ihre treue Dienerin war bei ihr und jagte mit einem Fächer die Fliegen weg, damit die Arme ungepeinigt von ihnen sterbe. Während sie dies fromme Werk tat, sah sie einen Mann herbei kommen, nicht wie ein Neugieriger, sondern wie einer in tiefer Demut. Ein Kind hielt über ihn einen Sonnenschirm. Als die Dienerin den jungen Upapusta erkannte, raffte sie in Eile die abgehauenen Gliedmaßen ihrer Herrin zusammen und verbarg sie unter ihrem Mantel. Ganz nah gekommen stand nun der Jüngling vor Vasavadatta und blickte schweigend auf jene, deren Schönheit einst wie eine Perle in der Stadt geglänzt hatte. Da erkannte die Kurtisane den einst Geliebten und sprach mit verhauchender Stimme:

»Upapusta, da mein mit Gold und Seide geschmückter Leib süß war wie der Johu, da habe ich Unglückliche dich vergeblich erwartet. Als ich Verlangen einflößte, bist du nicht gekommen. Upapusta, Upapusta, warum kommst du jetzt, wo mein blutender, verstümmelter Leib nichts weiter ist als Gegenstand des Ekels und des Grauens.«

Da antwortete Upapusta mit weicher Stimme: »Meine Schwester Vasavadatta, in den schnellen Tagen, wo du schön schienest, da wurden meine Sinne vom leeren Scheine nicht verlockt. Ich sah dich bereits mit dem Auge der Schauung so wie du jetzt erscheinst. Ich küßte deinen Leib nicht als ein Gefäß der Laster. Du hast nichts verloren in Wahrheit, Schwester. Weine nicht über die Schatten der Freude und der Lust, welche dich fliehen, laß den schlimmen Traum des Lebens vergehen. Alle Freuden der Erde sind wie spiegelnder Mond im Wasser. Dein Leiden kommt davon, daß du zu viel begehrt hast. Begehre nicht mehr, sei süß zu dir selber und wünsche das Leben nicht mehr – du siehst, wie schlecht es ist. Ich liebe dich. Glaube mir, Schwester Vasavadatta. Gehe ein in die Ruhe.«

Die Kurtisane hörte die Worte, und da sie ihre Wahrhaftigkeit erkannte, starb sie ohne Verlangen und ging heilig aus dieser Welt.

Die Dame mit dem weißen Fächer / Aus dem Chinesischen

Tschuang-Tsen aus dem Lande Sung war ein Gelehrter, der die Weisheit so weit trieb, daß er allen vergänglichen Dingen entsagte; und da er als ein frommer Chinese nicht an die ewigen Dinge glaubte, so blieb ihm zur Zufriedenheit seiner Seele nichts sonst als das Bewußtsein, den gemeinen Irrungen der Menschen nachzugehen, die da tätig sind, um Reichtümer zu gewinnen oder leere Ehren. Aber es muß diese Befriedigung eine sehr tiefe gewesen sein, denn Tschuang-Tsen wurde nach seinem Ableben selig gepriesen und des Neides würdig befunden. Nun hatte er, während der irdischen Tage, wo ihm die unbekannten Genien der Welt unter einem grünen Himmel zu spazieren erlaubten zwischen blühendem Bambus und Weiden, da hatte, sage ich, Tschuang-Tsen die Gewohnheit angenommen, träumerisch durch das Land zu wandeln, in dem er lebte ohne zu wissen warum und wozu. Als er eines Morgens so dahin schritt an den blumigen Hängen des Gebirges Namhoa, fand er sich auf einmal mitten auf einem Friedhof, wo die Toten nach Landesbrauch unter einem kleinen Hügel aus Backsteinen ruhen. Beim Anblick der endlosen Gräberreihen dachte der Gelehrte über die Bestimmung des Menschen.

»Dahin also führen, in diese Sackgasse, alle Wege des Lebens. Und man kommt nicht wieder an den Tag, hat man einmal hier Platz genommen.«

Nun, dies ist kein ungewöhnlicher Gedanke, aber er enthielt doch alles, was Tschuang-Tsen mit seiner Philosophie denken konnte. Und da er zu gebildet war, forderte er von dem roten Drachen aus Porzellan, der über dem Tore zum Friedhof lag, keinen Trost. Während er nun so denkend durch die Gräberreihen wandelte, begegnete er plötzlich einer jungen in Trauer gekleideten Dame, denn sie trug ein langes weißes Kleid aus grobem Stoff. Sie saß an einem Grabe und bewegte ihren Fächer über der noch frischen Erde des Hügels.

Neugierig, was solches bedeuten möge, grüßte Tschuang-Tsen die junge Dame höflich und sagte:

»Erlaubt, junge Frau, die Frage, wer unter diesem Hügel ruht und weshalb Ihr Euch so viel Mühe gebt, die Erde des Grabes zu fächeln? Ich bin ein Philosoph und suche die Gründe, und der Grund für Euer Tun entgeht mir.«

Die junge Frau hörte zu fächeln nicht auf. Sie errötete, senkte das Haupt und flüsterte einiges, was der Weise nicht verstand. Er wiederholte noch ein paarmal seine Frage, aber es war vergeblich. Die Dame beachtete ihn nicht weiter, und es schien ihre Seele ganz in der Hand zu sein, welche den Fächer bewegte.

Tschuang-Tsen entfernte sich mit Bedauern. Wenn er auch vom Wahne alles Tuns überzeugt war, so neigte er doch dazu, die Gründe dieses Tuns zu suchen, insbesondere die der Frauen.

Und die kleine Frau am Grabe erregte seine lebhafteste Neugier. Er ging weiter, nicht ohne sich wiederholt umzusehen und immer den lebhaft bewegten Fächer zu gewahren, der wie ein Schmetterling tat. Da machte ihm eine alte Frau, die er zuvor nicht gesehen hatte, ein Zeichen, ihr zu folgen. Er trat zu ihr in den Schatten eines Grabhügels, und sie sagte zu ihm:

»Ich hörte, wie Ihr meiner Herrin eine Frage stelltet, die sie nicht beantwortete. Ich will Euch Antwort geben aus Höflichkeit und für ein weniges, damit ich mir vom Priester Gebetstreifen zum Verbrennen kaufen kann, auf daß ich lange lebe.«

Tschuang-Tsen zog seine Börse und gab der Alten ein Geldstück.

»Die Dame dort am Grabe ist Frau Lu, die Witwe eines Gelehrten namens To, der vor einer Woche an einer langen Krankheit gestorben ist. Sie kniet an ihres Gatten Grab. Sie liebten einander sehr zärtlich. Selbst auf dem Sterbebette konnte sich Herr To nicht entschließen, sein Weib zu verlassen, denn es war ihm unerträglich, daß sein Weib in der Blüte ihrer Jahre auf der Welt bleiben sollte. Aber da er sanften Wesens war, so fand er sich endlich damit ab und unterwarf seine Seele der Notwendigkeit. An seinem Lager saß während seiner langen Krankheit Frau Lu und versicherte ihm unter Tränen, daß sie ihn nicht überleben und seinen Sarg teilen werde, wie sie sein Bett geteilt habe. Aber da sagte Herr To:

›Verschwöre das nicht, liebe Frau.‹

›Nun denn, wenn ich dich schon überleben muß,‹ sagte die Frau, ›wenn ich von den Geistern schon verurteilt bin, das Licht des Tages zu sehen, da ich dich nicht sehe, so wisse, daß ich nie die Frau eines anderen werden werde, und daß ich nur einen Gatten hatte, wie ich nur eine Seele habe.‹

Aber Herr To sagte:

›Schwöre das nicht, liebe Frau.‹

›Dann, lieber Mann, laß es mich für fünf Jahre beschwören!‹

›Schwöre das nicht, Frau Lu. Und schwöre nur dieses, daß du meinem Andenken so lange treu sein wirst, als die Erde auf meinem Grabe noch nicht trocken.‹

Frau Lu tat einen großen Schwur, und der gute Herr To schloß für immer die Augen. Die Verzweiflung von Madame kannte keine Grenzen. Tränen verzehrten ihr die Augen. Mit den Nägeln zerriß sie sich die zarten Wangen. Aber alles hat ein Ende. Drei Tage nach Herrn Tos Tode wurde der Schmerz von Frau Lu menschlicher. Ein junger Schüler des Herrn To drückte das Verlangen aus, die trauernde Witwe in ihrem Leid zu trösten. Und sie schloß mit Recht, daß sie diesen Besuch nicht abschlagen könne. Sie empfing ihn seufzend. Der junge Mann war sehr vornehm und hübsch; er sagte ihr, daß sie reizend sei und wie er fühle, daß er sie liebe. Sie ließ es ihn sagen. Er versprach wiederzukommen. Und in Erwartung seines Besuches sitzt Frau Lu am Grabhügel ihres Mannes, wie Sie sie gesehen haben, und bringt den ganzen Tag damit zu, die Erde des Grabes mit ihrem Fächer zu trocknen.«

Als die Alte ihren Bericht geendet hatte, dachte Tschuang-Tsen:

»Die Jugend währt kurze Zeit. Der junge Adler der Begierde leiht den jungen Frauen und Männern seine Flügel. Schließlich ist Frau Lu eine anständige Frau, die ihren Mann nicht betrügen will.«

Der Yogi Vasava / Aus dem Sanskrit

Auf dem Berge Kotikuta wohnte einstens ein Yogi namens Vasava. Er zog bettelnd in der Stadt und auf den Landstraßen umher, wobei er immer die Worte sprach: »Keusche Frau, keusche Frau! In unserm Haus ist eine keusche Frau!«

Der Minister Sura, des Königs Stadthalter, bewirtete einst diesen Yogi und erriet aus seinen Worten, Blicken und Gesten, daß Vasava eine Frau hatte, von deren Treue er tiefst überzeugt war in seiner Einfalt, da er nicht wußte, wie es die Weiber treiben. Der Stolz und Hochmut des Yogi ärgerte den Regenten; er ließ durch seine Kundschafter feststellen, wo er wohne, ließ sich die Tür, und wie sie zu öffnen, genau beschreiben.

Andern Tages begab sich Sura, schön gekleidet, zur Stunde, da der Yogi sein Haus verlassen hatte, vor dieses und gab das Zeichen, von dem er wußte, daß es das Zeichen des Yogi sei. Die Frau öffnete und der Minister trat in die Höhle.

»Wer bist du, Schöne? Und woher hat dich der Yogi?« So fragte er. Und ganz keck gab ihm die Frau Antwort:

»Wer ich bin, das weiß ich nicht, schöner Mann, auch nicht woher. Ich kenne nur den Yogi und seine Höhle und dachte, daraus bestünde die Welt. Jetzt seh ich, daß es noch andre Männer gibt.«

Daraus entstand nun weiter eine gar zärtliche Unterhaltung und man genoß alle Freuden. Da erscholl der Ruf des Yogi vor der Tür. Und die Frau sagte: »Sei ohne Furcht, Lieber!« Denn es war ihr in diesem Augenblicke die Klugheit der Frauen geworden. Sie tat einen lauten Schrei, und der Yogi fragte draußen: »Was ist denn?« Sagte die Frau: »Mich stößt es im Leibe, so daß ich nicht reden, nicht aufstehen, nicht öffnen kann. Und im Traum erschien mir heut nacht die Göttin und verkündete: Deinen Leib werden heute Schmerzen peinigen. Verbindet sich aber dein Gatte mit einem siebenmal gefalteten Tuch die Augen, singt er da zu seiner Laute und wandelt dir zur Rechten siebenmal durch das Gemach, so wird dein Schmerz verschwinden. So sagte die Göttin. Darum tu das, damit ich gesunde und dir öffnen kann.«

Der Yogi tat wie ihm geheißen, und der Minister verließ während dem ungesehen die Höhle und ging nach Hause. Darauf öffnete die Frau dem Yogi die Tür, und dieser tat mit ihr wie er es zu tun gewohnt war.

Eines Tages begab sich der Yogi wieder nach der Stadt, helleuchtenden, weil ganz mit Asche bedeckten Körpers, schlug die Laute, bettelte und sagte seinen Spruch: »Keusche Frau da! Keusche Frau! In meinem Hause ist eine keusche Frau!«

Da rief ihn der Minister an und sagte: »Was redest du da immer?« Der Yogi sagte seinen Spruch von der keuschen Frau in seinem Hause.

Da sagte der Minister: »Die keusche Frau in deinem Hause, die war schon in meinem Hause.«

Der darob erstaunte Yogi sagte: »Ich wohne draußen im Busch, wo aber wohnst du?«

Darauf wieder der Minister: »Ich war dort, als es hieß: Über deine Augen die Binde!«

Diese Worte warfen den Yogi auf die Erde wie ein Blitz. Als er wieder zu sich gekommen war, dachte er:

»Wie schlimm spielen uns doch die Frauen mit, trotz ihrer sanften Augen! Wenn selbst jene so geworden ist, die ich seit ihrer Kindheit bei mir bewache, was soll man dann von den andern erwarten?«

So denkend, faßte ihn großer Widerwille gegen die Frauen, er entzog sich ihnen ganz in Askese und wurde zu einem Gotte.

Der durchlöcherte Schleier / Aus dem Syrischen

Ein sehr reicher Kaufmann hatte einen Sohn namens Gadryf, der schöner war als der Tag. Als dieser Sohn achtzehn Jahre alt geworden war, bat er seinen Vater, ihm eine Reise nach Bagdad zu erlauben, dessen Schönheiten er über alles rühmen gehört hatte. Da der Vater sah, daß sein Sohn fest zu dieser Reise entschlossen war, willigte er ein und gab ihm dreißigtausend Goldstücke für alle seine Ausgaben.

Nachdem Gadryf in Bagdad angekommen und die Sehenswürdigkeiten und Schönheiten dieser köstlichen Stadt bewundert hatte, mietete er ein Haus. Er hatte sich vorgenommen, einige Zeit in der Stadt zu bleiben. Als er eines Tages auf ein Aussichtstürmchen einer Terrasse gestiegen war, sah er auf der Terrasse eines Nachbarhauses eine Frau von bezaubernder Schönheit. Und sofort erfaßte sein Herz die allerheftigste Liebe. Er verließ in Gedanken versunken das Türmchen und sann nach einem Mittel, die Bekanntschaft der Schönen zu machen. Er ließ sich in einem unteren Saal nieder, aber seine Unruhe trieb ihn bald weiter und so setzte er sich auf eine Bank vor seinem Haus. Kaum war er da eine Weile, als eine Alte an ihm vorbeiging, die mit großer Inbrunst einen Rosenkranz zu beten schien. Als sie den schönen Jüngling auf der Bank sah, blieb sie stehen und sah ihn erstaunt an.

»Fromme Alte,« sagte Gadryf, »kennst du mich oder hältst du mich für einen anderen?«

»Seit wann wohnst du in diesem Haus?« sagte die Alte statt jeder Antwort.

»Seit einem Monat,« gab Gadryf Bescheid.

»Das wundert mich,« sagte die Alte, »denn vor dir hatte niemand auch nur acht Tage in dem Hause wohnen können, ohne krank zu werden und zu sterben. Aber du hast auch sicher nicht die Tür zu dem Aussichtstürmchen geöffnet.«

»Ach,« rief Gadryf, »das habe ich, und was ich sah, hat mir den Verstand geraubt.«

Die Alte lachte und sagte:

»Du bist zu einnehmend, als daß du das Los deiner Vorgänger teiltest. Ich will dir zu Hilfe kommen und dich ans Ziel deiner Wünsche bringen.«

Für diese tröstende Versicherung gab Gadryf der Alten sofort seine Börse mit hundert Goldstücken und sagte:

»Bestimme über mich, wie der Herr über den Sklaven. Aber hüte dich, daß ich nicht am Tage des letzten Gerichts Rache über dich schreie.«

»Das wird nicht sein,« antwortete die Alte, »aber es ist nötig, daß du mir zur Ausführung meines Planes hilfst.«

»Was hab ich zu tun?«

»Geh auf den Seidenmarkt, laß dir den Laden des Abdulfateh-ben-Kedar zeigen und kauf bei ihm einen goldgestickten Schleier. Den gibst du mir, wenn ich morgen wieder bei dir vorbeikomme.« Er versprach ihr, genau zu tun, was sie verlangte, und die Alte ging fort.

Kaum war der Tag angebrochen, als Gadryf voll Ungeduld auf den Seidenbasar lief. Es kostete keine Mühe, den Laden Abdulfateh zu finden, denn er war einer der einflußreichsten Kaufleute Bagdads und der Kalif selber zeichnete ihn mit seiner Freundschaft aus. Als er in den Laden trat, fand er da einen hübschen Jüngling, den einige Sklaven umgaben und dessen Gesicht Reichtum und Vornehmheit verriet. Zu dem Reichtum, dessen er sich erfreute, kam noch der Besitz mehrerer schöner Frauen, unter denen sich gerade auch jene befand, die Gadryf bezaubert hatte und die sich Mardye nannte. Gadryf verlangte also einen ägyptischen goldgestickten Schleier, wie man seinesgleichen sonst nicht fände.

Der Kaufmann legte ihm Schleier vor und Gadryf wählte darunter einen, für den er zwanzig Goldstücke zahlte. Hierauf kehrte er in sein Haus zurück, wo alsbald die Alte erschien. Nach den gebräuchlichen Höflichkeiten übergab er ihr den Schleier; sie verlangte von ihm eine glühende Kohle, durchbrannte den Schleier an zwei Stellen, verbarg ihn hierauf unter ihren Mantel und begab sich nach dem Hause Abdulfatehs.

Die Frau des Kaufmanns öffnete und fragte, wer sie sei.

»Ich bin Hariffa, die Freundin deiner Mutter.«

»Was willst du?« sagte die andere. »Meine Mutter ist nicht zu Hause.«

»Meine Tochter,« sagte die Alte, »es ist gleich Gebetsstunde, und ich wollte meine Andacht in deinem Haus verrichten, weil dein Herr und Gemahl für sehr fromm gilt.«

Alsbald ließ man sie eintreten und führte sie in ein Gemach, wo sie ihre Andacht verrichten konnte. Sowie sie allein war, ging sie hinaus, schlich in das Schlafgemach des Herrn und steckte den Schleier unter ein Kissen des Sofas. Hierauf bedankte sie sich bei Mardye und nahm Abschied von ihr. Am Abend kehrte Abdulfateh heim.

Nach dem Mahle, und als die Gebetstunde kam, begab er sich auf sein Zimmer, um zu beten. Als er sich auf das Kissen kniete, bemerkte er den Schleier und erkannte ihn sofort als jenen, den er dem Jüngling am Vormittag verkauft hatte. Natürlich glaubte er sofort, der junge Mann sei der Geliebte seiner Frau. Er versteckte den Schleier, hütete sich aber wohl, ein Wort zu sagen, da er fürchtete, die Sache könnte bekannt werden und sein Hahnreitum ihn die Gnade des Kalifen kosten. Am nächsten Morgen rief er Mardye: »Ich höre,« sagte er, »daß deine Mutter sehr krank ist und daß sie gleich nach dir verlangt.« Sie erhob sich sofort und begab sich voll Angst zu ihrer Mutter. Als sie eintrat, fand sie die gute Frau munter und bei vortrefflicher Gesundheit. »Was führt dich zu einer so ungewohnten Stunde zu mir?« fragte die Mutter. Mardye hatte kaum begonnen, ihr den Grund davon zu erzählen, als auch schon Träger kamen, die ihr ihre Kleider, Hausrat und all ihr Heiratsgut brachten. »Was ist zwischen euch geschehen,« rief die Mutter, »daß dich dein Mann wegschickt?« Die Tochter versicherte, daß nichts geschehen sei. »Das ist nicht möglich,« sagte die Mutter, »wenn dein Mann das tut, muß er einen sehr triftigen Grund dazu haben.« Aber die Tochter konnte nichts anderes sagen, als daß nichts vorgefallen sei, was sie mit ihrem Gatten auseinanderbringen könnte. Und so mußte die Mutter die Sache hinnehmen.

Zwei Tage später suchte Hariffa, die Alte, von der wir sprachen, die Mutter der Mardye auf, tat sehr überrascht und sagte: »Ich habe gehört, daß Abdulfateh deine Tochter verstoßen will. Ich bin ganz betrübt darüber und bete Tag und Nacht, daß es nicht sei. Wo ist denn deine Tochter?«

»Sie tut nichts als weinen,« sagte die Mutter, »sie ist ganz in Scham aufgelöst über die Beleidigung, die sie von ihrem Gatten erfahren. Ich fürchte, der Schmerz wird sie noch krank machen.«

»Gott bewahre,« sagte die Alte, »so weit sind wir noch nicht: ich will es auf mich nehmen, die beiden zu versöhnen. Aber morgen habe ich ein Fest daheim, denn ich verheirate meine Tochter. Ich möchte wohl, daß deine Tochter zur Hochzeit komme; das bringt dem Haus Glück und wird sie ein wenig zerstreuen bis dahin, wo ich sie wieder mit ihrem Gatten aussöhne.«

Die Mutter willigte gern ein, hieß Mardye deren schönste Kleider anziehen, wie ihre kostbarsten Juwelen, und die Alte ging mit Mardye fort. Aber statt sie in ihr Haus zu führen, brachte sie sie in das des Gadryf. Aber Mardye glaubte, sie wäre in dem Haus der Alten.

Als Gadryf sie sah, kam er auf sie zu, küßte ihr die Hand und hieß sie sich an den Tisch setzen, der mit den ausgewähltesten Gerichten und den köstlichsten Getränken bedeckt war. Mardye glaubte, sie habe es mit dem Bräutigam von Hariffas Tochter zu tun, und so ließ sie sich nicht lange bitten und setzte sich an den Tisch. Aber beim Dessert erklärte ihr Gadryf seine Liebe, und Mardye konnte sich nicht verhehlen, daß sie ihn hübsch und sehr nach ihrem Geschmack fand. Gerade da kam die Alte und sagte, daß es für Mardye Zeit sei, zu ihrer Mutter zurückzukehren, aber die beiden Verliebten baten sie so inständig, ihnen noch zwei oder drei Stunden für ihr Liebesvergnügen zu gewähren, daß sich die Alte davon rühren ließ und einen Aufschub bei der Mutter durchsetzte. Endlich brachte sie Mardye heim und deren Mutter bemerkte mit Vergnügen, daß ihre Tochter viel heiterer aussah.

Die Alte aber kehrte wieder zu Gadryf zurück und sagte zu ihm: »Jetzt müssen wir wieder das Übel gut machen, das wir verschuldet haben, und die Frau wieder zu ihrem Manne zurückbringen: denn Vereinen ist eine bessere Tat als Trennen.«

»Aber wie wollen wir das machen?« sagte Gadryf.

»Du gehst morgen,« sagte die Alte, »in den Laden des Gatten und unterhältst dich mit ihm. Ich werde an euch vorbeigehen. Sofort wie du mich erblickst, springst du aus dem Laden, packst mich beim Arm, beschimpfst mich und verlangst deinen Schleier. Gleichzeitig sagst du zu dem Kaufmann: Du erinnerst dich doch an den Schleier, den ich bei dir gekauft habe. Ich habe ihn meiner Sklavin gegeben, die ihn nur ein einziges Mal getragen hat. Als sie das Gemach räucherte, fiel ein Stückchen Kohle auf den Schleier und verbrannte ihn an zwei Stellen. Meine Sklavin gab ihn dieser Alten zum Ausbessern, und die hat ihn wohl genommen, aber uns nicht mehr zurückgegeben.«

Gadryf versprach zu tun, wie die Alte ihm hieß; er begab sich zu Abdulfateh, und während er mit ihm plauderte, ging die Alte ihren Rosenkranz betend vorbei. Gadryf sprang auf sie zu, packte sie bei den Kleidern und beschimpfte sie. »Was willst du, mein Sohn?« fragte ihn die Alte ganz demütig. Da wandte sich Gadryf zu den Umstehenden und erzählte die verabredete Geschichte.

»Der junge Mann hat ganz recht,« sagte die Alte. »Ich habe den Schleier ganz richtig bekommen, habe ihn aber irgendwo liegen lassen und weiß nicht mehr wo. Ich bin arm und kann ihn nicht bezahlen.« Der Kaufmann, der aufmerksam zugehört hatte, dachte nach und sah bald, daß er seine Frau ungerecht behandelt hatte. So fragte er also die Alte, ob sie den Schleier nicht etwa bei ihm vergessen hätte.

»Ich war dort und war da und habe mich überall erkundigt, aber niemand konnte mir etwas von meinem Schleier sagen.«

»Hast du auch in meinem Haus gefragt?« sagte der Kaufmann. »Ich war da, aber fand niemanden. Man sagte mir, du hättest deine Frau verstoßen.« Da sprach der Kaufmann zu Gadryf: »Sei unbesorgt um deinen Schleier; ich gebe dir einen ganz gleichen. Und laß die arme Alte laufen.« Darauf verlangte er Verzeihung von seiner Frau, schickte ihr Geschenke und tat so viel, daß Mardye sich ihm wieder gut zeigte und damit einverstanden war, wieder zu ihm zurückzukehren.

Die unbesiegbare Prinzessin / Aus dem Persischen

Es lebte einmal, wie man erzählt, eine Prinzessin von wundervoller Schönheit und solcher Geschicklichkeit zu Pferde und in der Führung der Waffen, daß kein Mann ihrer Zeit ihr darin verglichen werden konnte. Viele Fürsten hatten schon um sie geworben und bekamen immer zur Antwort, daß sie sich im Felde ihr zum Kampfe stellen müßten. Denn solches war ihr Wille: »Der wird mein Gemahl sein, der mich im Zweikampf besiegt. Besiege aber ich ihn, so nehme ich ihm Waffen, Pferde und Rüstung und lasse ihm meinen Namen mit einem glühenden Eisen in die Stirne brennen.« Diese harten Bedingungen hielten manche doch nicht zurück, die von weither kamen, aber die Prinzessin besiegte sie alle, nahm ihnen die Waffen und zeichnete sie selber mit dem Eisen auf die rauchende Stirne.

Da hörte der Sohn des persischen Königs von ihr und nahm sich vor, die weite Reise zu machen und nahm große Reichtümer mit. Er kam in die Stadt, in der der Vater der Prinzessin regierte, brachte seine Schätze an einen sichereren Ort und stellte sich am nächsten Tage dem Könige mit kostbaren Geschenken vor. Der empfing ihn sehr gütig und versicherte ihm, wie glücklich er wäre, wenn er siegte. Daraufhin bereitete sich der Prinz zu dem Kampfe gegen die schöne Prinzessin und bat um die Angabe der Stunde. Die Prinzessin war es einverstanden und bestimmte die Zeit. Sofort verbreitete sich die Kunde durch die ganze Stadt, und zur festgesetzten Zeit war eine große Menge versammelt, wo der Kampf vor sich gehen sollte.

Die Prinzessin erschien vom Kopf bis zu den Füßen gewappnet und trug einen Gürtel und eine Maske. Gleich darauf erschien der Prinz in einer schönen Rüstung. Sie grüßten einander auf kriegerische Weise und begannen den Kampf. Er dauerte lange und war heftig. Kraft und Geschick taten ihr Werk, und die Prinzessin erkannte bald, daß sie dem Vorsichtigsten der Vorsichtigen zum Gegner hatte, denn noch nie hatte sie eine solche Ausdauer gefunden. Der Prinz war ihr wirklich überlegen, und sie fürchtete für ihre Niederlage. Da nahm sie ihre Zuflucht zur Schlauheit und nahm ihre Maske vom Gesicht. Sobald der Prinz ihr wundervolles Antlitz sah, war er von dessen Reizen so geblendet, daß er seiner Kraft vergaß und nicht mehr an den Kampf dachte.

Die Prinzessin bemerkte den Eindruck, den sie auf den Prinzen machte, nutzte den Augenblick, rannte ihn mit dem Speer an und hob ihn aus dem Sattel. Und wie der Blitz stellte sie ihm ihren Fuß auf die Brust.

Der Prinz aber hörte nicht auf, sie zu bewundern und achtete gar nicht auf das, was ihm geschah. Die Prinzessin nahm ihm Pferd und Waffen und Rüstung, aber ihm das Zeichen auf die Stirn zu brennen, dazu konnte sie sich nicht entschließen. Sie hieß ihn einfach, das Kampffeld zu verlassen. Da erst kamen ihm seine Sinne wieder, und er erkannte, was er verloren hatte. Vor Kummer konnte er weder essen noch trinken, so sehr war ihm die Liebe zur Prinzessin ins Herz gedrungen. Er verabschiedete sein Gefolge und schrieb seinem Vater, daß er nicht eher heimkehren wolle, er hätte denn sein Ziel erreicht. Und wenn er es nicht erreichen sollte, so sei er entschlossen zu sterben. Dieser Brief machte den Vater ganz verzweifelt, und er nahm sich vor, seinem Sohne zu Hilfe zu kommen, ein Heer auszurüsten, um die Prinzessin zu entführen. Seine Berater rieten ihm davon ab, und so übergab er Gott das Schicksal seines Sohnes. Der Prinz aber dachte sich einen Plan aus. Er legte Bauernkleider an, stellte sich so dem Obergärtner der Königin vor und sagte, er wäre ein vorzüglicher Gärtner, der sich besonders auf Rosen und Tulpen verstünde. Der Obergärtner nahm ihn in Dienst, und bald hatte der Prinz erfahren, daß die Prinzessin oft des Abends mit den Damm ihres Gefolges die Kühle ihrer Gärten aufsuchte.

Der Prinz verstand wirklich viel von der Gartenkunst, und da er so geschickt war, gewann er das Vertrauen seines Vorgesetzten, der ihm hundert Sklaven unterstellte, die dem neuen Gärtner vollen Gehorsam zu leisten hatten.

Ein paar Tage darauf kamen eine Menge Sklavinnen in den Garten, die Teppiche und kostbare Gefäße trugen. Als der Prinz sie nach der Ursache aller ihrer Vorbereitungen fragte, erfuhr er, daß am Abend die Prinzessin in den Garten kommen würde, um sich zu zerstreuen. Sofort eilte der Prinz an den Ort, wo er seine Schätze und Kostbarkeiten vergraben hatte, brachte einige Kassetten mit herrlichen Steinen und befahl seinen Sklaven, sich zurückzuziehen.

Er selber versteckte sich in einem Boskett. Bald darauf erschien die Prinzessin inmitten ihres Gefolges, wie der Mond unter den Sternen. Erst liefen die Damm lachend und scherzend durch den Garten und kamen so an die Stelle, wo sich der Prinz versteckt hielt. Er hatte alle seine edlen Steine ausgebreitet und saß bescheiden daneben. Die Damen fragten ihn erstaunt, was er da täte. Er antwortete, daß er ein Gärtner des Palastes wäre, und daß er beim Graben diesen Schatz entdeckt habe. Darauf trat die Prinzessin, die ihn in der gewöhnlichen Kleidung nicht erkannte, näher und bewunderte verständnisvoll die Steine. Sie fragte ihn, was er denn könne, und er erwiderte, daß er stark und geschickt im Zweikampf wäre, und wenn eine der Damen mit ihm kämpfen wolle, so gebe er den Schatz um einen Kuß. Die Prinzessin, die gerne scherzte, lachte laut und bezeichnete eine der weniger schönen unter ihren Damen und sagte:

»Ich gebe dir diese da als Gegnerin.«

Die Prinzessin hatte alle ihre Damen zum Zweikampf abgerichtet. Nachdem mm die beiden Gegner die hinderlichsten Kleidungsstücke abgelegt hatten, kämpften sie miteinander, und der Prinz bezwang die Dame und gab ihr sofort einen Kuß auf die Wange. Die Besiegte stand errötend und seufzend und sagte ihren Freundinnen Dinge ins Ohr, daß diese erröteten und lachen mußten. Darauf bezeichnete die Prinzessin eine andere Schöne und sagte zu dem falschen Gärtner: »Kämpfe nun mit dieser.« – »Gerne, gnädige Frau,« entgegnete er, »aber diesmal muß der Einsatz ein Kuß auf den Mund sein.« Die Dame willigte ein, wurde besiegt und bekam den Kuß, der so lange dauerte, daß die Prinzessin ihm Einhalt befehlen mußte. Mit zitternden Lippen und bebendem Busen trat die Besiegte zu ihren Gefährtinnen, und der Gärtner war nicht minder erregt als sie. Da befahl die Prinzessin einer dritten noch schöneren Dame, sich zum Kampf zu bereiten. Diesmal war die Bedingung ein Kuß auf den Busen. Und wieder siegte der Prinz. Und er konnte sich vor Erregung nicht mehr beherrschen und riß sich alle Kleider vom Leibe, die ihn hinderten, als sich nun die Prinzessin selber zum Kampfe stellte. »Und was ist der Einsatz?« fragte der Prinz. »Mein Leben gegen das deine,« schrie die Prinzessin auf. Nach einem harten Kampf ließ der Prinz die Prinzessin nach rückwärts gleiten und fiel auf sie nieder und drückte seinen Mund auf ihren. Nun hatte die Prinzessin ihren Gegner aus dem Turnier erkannt, und ohne sich nur leise zu wehren, empfing sie zweimal die brennende Liebe ihres Besiegers, in derselben Stellung, in die sie hingestürzt waren. Als sie sich zitternd vor Scham, Liebe und Freude erhoben hatte, sprach sie zum Prinzen: »Ich will meine Niederlage nicht öffentlich bekennen. Du hast gesiegt, und ich gehöre dir. Entführe mich noch heute nacht zu dir, denn ich liebe dich.« Der Prinz warf sich vor ihr nieder und küßte ihre Füße. In derselben Nacht bestiegen sie schnelle Pferde und galoppierten nach Persien, wo sie glücklich ankamen. Dem Vater der Prinzessin sandten sie sofort Nachricht und luden ihn zur Hochzeit, welche die beiden zu einem glücklichen Paar vereinte.

Der arme Mann / Aus dem Chinesischen

Ein Mann aus der Stadt Tu-Tschou hatte in schlechten Spekulationen sein ganzes Vermögen verloren und war ganz arm geworden. Einer seiner Freunde, der sehr reich war, lud ihn eines Tages auf sein Landhaus ein.

»Ach,« klagte der Arme seiner Frau, »wie fange ich es nur an, zu meinem Freund zu kommen! Da ist sicher eine sehr vornehme Gesellschaft, und ich schäme mich meiner Armut. Ich habe wohl noch ein Festkleid, aber wie soll ich mich da ohne Diener zeigen?«

»Beruhige dich,« sagte die Frau, »ich will mich als Diener anziehen und vier Schritte hinter dir hergehen. So brauchst du dich vor deinem Freunde nicht zu schämen. Ich bin dir dieses Zeichen ehelicher Liebe schuldig.«

An dem Tage der Einladung begab sich also der Gatte, von seiner als Diener verkleideten Frau begleitet, zu seinem Freunde und ward da herzlichst aufgenommen. Die Mahlzeit zog sich weit in die Nacht hinein, und der Gastgeber wollte seinen Gast nicht fortlassen.

»Ich habe keinen Palankin,« sagte er ihm, »den ich dir anbieten könnte. Du bleibst also hier und schläfst mit mir in einem Bett. Dein Diener muß sich bequemen, das Bett mit meinem Hausmeister zu teilen.«

Der Arme nahm an, um seinen Freund nicht zu kränken. Am nächsten Morgen zog er mit seinem angeblichen Diener heim. Nachdem er fort war, ließ der Gastgeber seinen Hausmeister kommen und sagte ihm:

»Es macht mich ganz traurig, meinen Freund so in Armut versunken zu sehen. Denn er muß wirklich sehr arm sein. Gestern, als er mit mir schlief, sah ich, daß er nicht einmal ein Unterbeinkleid hat, und das hat doch der Ärmste.«

»Ach,« sagte der Hausmeister, »sein Diener ist noch viel ärmer, denn der hat nicht einmal das, was doch der ärmste Mann hat.«

Ardjunas Himmelfahrt / Aus dem Javanischen

Eine Wolke breitete sich über den Himmel, als sich Ardjuna zwischen zwei weiblichen Engeln erhob, die seinen Flug leiteten; unter ihnen verschwanden Dörfer und größere Dörfer, je höher sie flogen. Sie nahte dem Surelaya, der Wohnung der Seligen, und es grüßte schon alles den Helden. Da sah man mitten in der Luft den herrlichen Palast, schöner als alle Paläste der Erde, und den man Tedjomava, den Glanzvollen, nannte. Dieser Palast gehörte noch niemandem und ist dem bestimmt, der sich mit einer seiner Tapferkeit gleichwertigen Tat des Mitleids seiner würdig erweist: das ist Ardjuna. In dem Palaste Tedjomava gibt es keine Nacht. Immer ist es hell beim Glanz des Goldes und der Geschmeide, die die Dunkelheit verscheuchen. Man erkennt Tag und Nacht nur, wenn man die Tundjongblume befragt oder das Weibchen des Tschokrovoko-Vogels; ist die Tundjongblume geöffnet, so ist es Tag; ist sie geschlossen, so ist es Nacht; wenn der Tschokrovoko-Vogel nicht bei seinem Weibchen ist, so ist es Tag, sind sie beisammen, so ist es Nacht.

Als er sich dem Wohnsitz der Seligen näherte, dachte er an den Gruß, mit dem er sie grüßen wollte; da erblickte er auf einmal die Scharen der Vidordaris, der göttlichen Mädchen, die vor ihm hergingen. Sie sahen seinen schönen Leib, und ihr Herz schlug stark. Also eilten sie vor dem Helden her, alle wollten sie ihn in dem Pavillon erwarten, der die Besucher empfängt. Sie hatten zuvor noch rasch einen Blick in den Spiegel geworfen, etwas Schminke auf die Lippen gelegt, und dann waren sie schnell in den Pavillon gegangen, um den Helden gleich bei seiner Ankunft in ihre Mitte zu nehmen.

Unter den Vidordaris war ein ganz junges Mädchen; sie ging nicht mit ihren Gefährtinnen, Ardjuna zu empfangen, denn sie wollte einem Mann nicht das schamhafte Erröten ihres jungfräulichen Leibes zeigen: das war ihr fester Entschluß. Sie wollte sich nicht schmücken und sich nicht die Kämme ins Haar stecken. Und die junge Varanjana tat so, weil sie fürchtete, ihr Herz würde nachgeben, wenn Ardjuna sich mit ihr zu einen begehren sollte. Nichts legte sie an, als ein einfaches Leinengewand, nachlässig und ohne

Schmuck; um sich zu zerstreuen, versuchte sie eine goldene Muschel zu zerschneiden, um sie sich auf den Fingernagel zu setzen; aber sie legte, in Gedanken versunken, das Messerchen weg und schnitt sie nicht.

Die sieben Vidordaris, die Ardjuna versuchen wollten, waren sehr erregt; sie dachten an das Ziel all ihrer Mühe und sprachen von nichts sonst.

Die einen richteten noch an ihrer Toilette, die anderen banden Blumensträuße, aber sie machten nichts richtig, denn ihre Gedanken waren woanders. Die junge Varanjana schlich heimlich hinaus und verbarg sich in ihrem Gemach vor den andern und suchte vor sich selber das Weh zu verbergen, das in ihrem Herzen sich rührte. Sie salbte ihre Schläfen; in der Form des wachsenden Mondes legte sie die Salbe auf ihre Haut. Aber sie ist wie zerschlagen und kraftlos fällt sie auf ein Ruhebett und ihren Lippen entfliehen leidenschaftliche Worte der Liebe. Sie schlummert ein, aber in ihrem Schlaf erscheint ihr Ardjuna. Da wacht sie plötzlich auf. Ardjunas Leib preßte sanft an dem ihren.

Und um sie sind die Vidordaris, die sie betrachten und untereinander tuscheln, während sie sich auf ihren Sitzen wiegen. Sie sprechen ganz leise, wie Diebe sprechen, und verbergen dabei ihr Gesicht hinter den Handspiegeln. Andere kommen und gehen paarweise; die eine lacht, die andere ziert sich wie ein junges Mädchen vor einem Knaben.

Der schlechte Khablis / Aus dem Arabischen

Khablis war ein händelsüchtiger und schlechter Mensch, der ganz offen seine Laster zur Schau stellte. Er hatte eine sehr schöne Frau, in die einer ihrer Landsleute verliebt war und dessen Liebe sie erwiderte. Khablis war voll List und Verschlagenheit. Neben ihm wohnte ein Gelehrter, zu dem jeden Tag die Leute gingen, um seine Vorträge über Moral und Geschichte anzuhören. Auch Khablis war unter den Zuhörern, aber es war nur Getue: er wollte für einen gehalten werden, der sich für die Wissenschaft interessiert. Nun hatte der Gelehrte eine schöne Frau. Der Geliebte von des Khablis Frau tat so, als sei er sehr eingenommen für die Frau des Gelehrten, die übrigens sehr tugendhaft war, und er tat so, um mit seiner Schönen ans Ziel zu kommen. Und das geschah. Er ging zu Khablis, und nachdem er ihm das Versprechen abgenommen hatte, sein Geheimnis zu bewahren, erzählte er ihm, daß ihn die Frau des Gelehrten liebe und Khablis ihr helfen müsse, zu der Frau zu gelangen. »Ich gebe dir,« sprach er, »jeden Tag zwei Drachmen unter der Bedingung, daß du jeden Tag zu den Vorträgen des Gelehrten gehst. Wenn er geendigt hat, gehst du auf ihn zu und sprichst sehr laut mit ihm. Wenn ich dich werde so laut reden hören, so wird das für mich das Zeichen sein, daß er zu Ende ist und ich von seiner Frau mich scheiden muß.«

Khablis war es einverstanden, ging also immer zu dem Gelehrten und hörte zu. Während der andere sich zu des Khablis Frau begab und sich mit ihr vergnügte, solange als der Vortrag des Gelehrten dauerte. Khablis hatte keine Ahnung, daß ihm in seinem eigenen Hause Hörner aufgesetzt würden. Dieses wiederholte sich ein paarmal, und der Gelehrte fand es sonderbar, daß Khablis so laut schreiend immer mit ihm zu reden anfing, wenn der Vortrag zu Ende war. Er witterte da irgendeinen Streich, so schloß er also einmal früher als gewöhnlich, ging rasch auf Khablis zu, packte ihn derb an und sagte: »Sprichst du auch nur ein Wort, so zerbrech ich dir alle Knochen.« Hierauf führte er Khablis in das Gemach seiner eigenen Frau, die er mit einer Hausarbeit beschäftigt fand. Der Gelehrte überlegte einen Augenblick und ging dann rasch mit Khablis in das andere Gemach, das die Frau des Khablis bewohnte, und hier fanden sie diese in inniger Umarmung mit ihrem Liebhaber.

Da sprach der Gelehrte zu Khablis: »Unglücklicher! Die Schande ist in deinem Hause und du selber hast sie hineingebracht.« Voll Scham und Zorn verstieß Khablis sein Weib und zog in die Fremde.

Das heilige Buch der Liebe / Aus dem Tamulischen

Der König verläßt ruhmbegierig sein junges Weib und zieht in den Krieg. Er hat seine Feinde besiegt und ist auf dem Heimweg, als er den Mädchen begegnet.

Und sie lehren ihn unbekannte Künste vielerlei und bieten seinen verlangenden Sinnen Sträuße ihrer Lotosblumen. Mit ihrem versüßten Munde liebkosen sie ihn, wenn er weich geworden und erfrischen ihn im Schnee ihrer Brüste. Sie ziehen den König in ihre immer bewegten Gruppen und zeigen ihm ausgelassene Spiele, daß er nicht weiß, welcher er gibt und von welcher er empfängt. Sie drücken ihn an ihren Mund und in ihre Lotosblume und sperren ihn ein in den blumigen Kumil, der neben der Tillae, dem Platz der Liebe ist. Die jungen Frauen, deren Brust in ein enges Gewand gepreßt ist, zeigen die Gazelle oder den Reiter oder den Schwimmer. Auf tausend Arten versuchten sie die Kräfte des Königs zu erschöpfen, der stark ist wie ein Elefant, aber sie erschöpfen sich selbst.

Das Gerücht von der Untreue des Königs bei den Mädchen kam zur Königin, die darüber traurig und voll Eifersucht auf ihrem einsamen Lager ward. Und als er kam, machte sie ihm Vorwürfe und sprach so: »Oh, König meiner verlassenen Tillaeblüte, gib weg von mir dein Verlangen. Ich kenne die Künste deiner Mädchen nicht. Rühr mich nicht an und beflecke nicht mein reines Gewand.«

Die Königin macht sich auf zu den Mädchen, um von ihnen zu lernen. Sie lehren sie alles, und versprechen ihr, den König aufzugeben. So kehrt sie heim und empfängt den König wieder mit Freuden. Ein König der Erde kam des nachts mit dem Monde in Flockenwölkchen schwimmend und trug einen Bogen in seinen Blumenhänden. Er bot sich den Mallikablumen, die die Tillaeblüte umgeben, wo jener wohnt, der das Feuer in seiner Hand hält. Und so kamen wieder in die Macht des Königs diese Brüste, die der Gnade des ewigen Gottes gleich sind. Und in den Kelch des Lotos war im Verlangen frisch der Tau gefallen. In dem Kampfe gewann des Königs Krone den Schmuck der kleinen Blumenfüße der Königin. In dem Ozean seiner Lust ergriff er die Füße und trank den Honig, der in kleinen glänzenden Perlen aus ihrem leuchtenden Lotos strömte. Die roten Lippen zitterten, die schwarzen Augen wurden weit; und sie fiebert und stammelt sinnlose Worte in seiner Umarmung. Und mehr noch verlangte der König: Ich will deine Brüste drücken und darin mich mit Leben und Seele betten, hier zwischen den Hügeln mit den runden Wellen und hier in den Kelch des blühenden Kumil. Ich will dich sinnlos machen und toll und voll rätselhaften Schmerzes, der sich wie Lust fühlt. Ich will, daß deine Zunge mir die fünf Pfeile der Liebe des Gottes Kamadeva stoße, daß sie mir ins Herz eindringe durch den Kelch des Kumil, der sich weitet und engt, während ich dich in meinen Armen erdrücke. Kamadeva, den Gott des Verlangens, wollen wir feiern, und Gringarayoni, den des Rausches, Ragarazu Lingam, den Gott der Vereinigung, Ragatschurna, den Gott der Ohnmacht in Wollust, Ratanaritcha, den leisen Verführer und Berührer, Madana, der toll macht, Vel Ragaranta, dessen Gestalt eine Lanze ist, und Nelumbo Makare Ketu, deren Banner die Lotosblüte. Die Königin mit den großen Blumenaugen merkte vergehend, daß in allem, was der König tat, die Lehre der Mädchen war. Und sagte: »Ist es deiner würdig, daß du mich verlangst?« Und sie wollte nicht, daß der Gatte sich in ihren blumigen Kumil aufbäume, und gab ihm ihre Lippen und ihre kleinen Zähne und gab den Honig ihrer Zunge. Aber dann zögerte sie. So stand der König auf und sagte, das Lager gäbe nur Platz für einen.

Kamen die Gefährtinnen der Königin, sie zu trösten, und sprachen von den Künsten des Königs, aber immer mußte sie heftig an das denken und ganz fühlen, was sie vom König erfahren hatte.

Er ist in meinem Herzen und in meinem Lotos, der zittert und bebt. Ach, seine Zunge ist die Blume des Verlangens, seine Hände sind der Bogen des Liebesgottes und sein Schaft ist die Säule des Lebens.

Der König aber ging wieder zu den Mädchen, aber er mußte doch in den Räuschen, die sie ihm gaben, an die ganz anderen Köstlichkeiten seiner Geliebten denken.

Auf der Brust eines Mädchens lag er, auf seinem Leibe lag eine andere, und er sang: »Die da schön ist wie die Lotosknospe, deren Leib duftet wie der blühende Lotus und deren unverhüllbare Brüste den Früchten des Vilvabaumes gleichen. Die, deren Nase ist wie die Knospe des Sesam, die da strahlt wie die Blütenblätter des blauen

Lotus, die da sanft geht wie der königliche Schwan, die drei kleine Falten am Gürtel ihres Leibes hat und süße, reine und leichte Nahrung liebt, die so schamhaft ist und der die weißen Blumen und weißen Kleider gefallen. Die im Liebesrausche süß ist; die, deren Brust den mächtigen Leib des Geliebten trägt und dessen wohlriechenden Atem trinkt, die die Brüste und Schenkel und Hüften stark und schön hat, die ist meine Königin.«

Und noch einmal ging der König zu seiner Geliebten, und diesmal gab sie nach, allem, was er verlangte.

Die vornehme Dame und die vier Liebhaber / Aus dem Arabischen

In Kairo lebte eine junge Dame, welche ihren Gatten über alles liebte und ihr Haus nur dann verließ, wenn sie einen ganz wichtigen Anlaß dazu hatte. Wie sie eines Tages vom Bade heimkehrte, kam sie an dem Tribunal des Kadi vorüber, das gerade geschlossen wurde. Der Kadi sah der Dame schöne Gestalt und leichten Gang und dachte an die Dinge, die er nicht an ihr sehen konnte. So ging er auf sie zu und bat sie leise um eine Zusammenkunft. Die Dame beschloß, die Keckheit des Kadi zu strafen, tat als ob sie darauf einginge und schlug ihm vor, noch am selben Abend zu ihr zu kommen. Er versprach es voller Freude. Während die Dame nun ihren Weg fortsetzte, wurde sie noch von drei andern Männern angesprochen, die ihr alle den gleichen Vorschlag machten wie der Kadi. Sie ging auf alle ein und bestimmte jedem denselben Abend und dieselbe Stunde wie dem Kadi. Der erste der Liebhaber aber war der Steuereinnehmer, der zweite der Präsident der Fleischervereinigung und der dritte ein reicher Kaufmann.

Zu Hause erzählte die Dame ihrem Gemahl, was ihr begegnet war, und bat ihn, ihr zu erlauben, die Frechheit der vier alten Kerle zu bestrafen. »Die Strafe, die ich mir ausdachte, wird uns beide sehr unterhalten und uns zudem noch was einbringen, denn die vier Liebhaber werden nicht mit leeren Händen kommen.« Der Mann wußte, daß er sich auf seine Frau verlassen konnte, und willigte ein. Die Frau bereitete nun gleich ein vortreffliches Essen, zog ein sehr anzügliches Gewand an und erwartete ihre Gäste.

Gerade da man das Gebet ausrief, kam der Kadi und klopfte. Die Frau ließ ihn ein und empfing von ihm einen Kranz frischer Feigen. Darauf lud sie ihn ein, sein Gewand zu wechseln, damit er sich wohler bei ihr fühle, und zog ihm eine lange Weste aus gelbem Musselin an, und auf den Kopf setzte sie ihm eine Mütze aus dem gleichen Stoff. Der Gatte im Nebengemach hielt sich die Seite vor Lachen, als er die Grimassen des verliebten Richters und dessen alberne Verkleidung sah.

Kaum hatte der muntere Liebhaber Platz genommen, um sich an dem Mahle gütlich zu tun, als sich seine Freude in Schrecken verwandelte: es wurde an die Tür geklopft. Die Frau tat sehr erschrocken und rief: »Gott soll schützen, das ist ganz die Art, wie mein Mann klopft! Wenn er uns beide findet, wird er uns sicher töten.«

Der Kadi fühlte sich schon mehr tot als lebendig; die Frau half ihm auf die Füße und schob ihn in ein kleines Seitengemach, indem sie sagte, er solle da nur ganz still bleiben, bis sie ein Mittel zu seiner Rettung gefunden habe. Der Kadi sank in eine Ecke mit dem frommen Vorsatz, der Liebe für immer zu entsagen, wenn er für diesmal mit dem Leben davonkomme.

Nachdem die Frau den Kadi versteckt hatte, lief sie zur Tür und öffnete dem Steuereinnehmer, der vor Ungeduld schier umkam und der Dame eine Kassette mit Juwelen brachte. Sie nahm sie gnädig an und lud ihn ein, doch seine reichen Gewänder abzutun: dafür zog sie ihm eine viel zu kurze rote Jacke an und eine rote Mütze mit schwarzen Tupfen. Kaum saß er bei Tische, als es an die Haustür pochte. Die Frau spielte das selbe Stück wie zuvor mit dem Kadi, der sich etwas getröstet fühlte, als er sich in Gesellschaft einer so respektablen Persönlichkeit fand, die ebenso lächerlich angezogen war wie er. Die beiden Alten machten sich in der Kammer Zeichen gegenseitigen Bedauerns, denn sprechen durften sie nicht, um sich nicht zu verraten.

Der Metzgerpräsident wurde eingelassen und sein Geschenk angenommen. Auch er mußte seine Kleidung gegen eine zu enge blaue Weste wechseln und eine mit Muscheln und allerlei Gehängen verzierte rote Samtmütze aufsetzen. Als sich alsbald wieder ein Klopfen hören ließ, wurde der schreckerstarrte Liebhaber in dieselbe Kammer befördert. Nun erschien der Kaufmann, der schöne Schleier und kostbare Stoffe brachte. Aber es ging ihm auch nicht anders als seinen Vorgängern, die ihn schweigend empfingen, nachdem es neuerlich geklopft hatte und er rasch zu ihnen abgeschoben worden war.

Diesesmal hatte aber der Gatte geklopft. Er trat ein, küßte seine Frau und setzte sich zu ihr. Das Paar machte sich über das Abendessen her, das für die vier Galans bereitet war, und nachdem man gegessen hatte, gaben sich die Beiden tausend verliebten Zärtlichkeiten hin, die den armen eingesperrten und vor Angst zitternden Teufeln nicht entgingen. Der Gatte war jung, schön und stark und der Liebe seiner Frau gar wohl gewachsen. Die heiteren Umstände versetzten die Beiden rasch in einen solchen Zustand, daß sie bald auf dem Sofa beieinander lagen. Das glückliche Paar nahm absichtlich eine Stellung ein, die es den Vieren in der Kammer möglich machte, alles das zu sehen, was sie hergebracht hatte. Nachdem sich die beiden so allen Freuden der Liebe überlassen hatten, fingen sie nach einiger Zeit der ruhigen Erschöpfung ein Gespräch an, so laut, daß die in der Kammer es gut hören konnten und kein Wort verloren. »Licht meiner Augen,« begann der Mann, »hast du nichts auf deinem Wege vom Bade zurück Lustiges erlebt, das du mir erzählst?« – »Vier alte Kerle fand ich,« sagte die Frau, »die ich gerne mit nach Hause genommen hätte, damit wir an ihren komischen Gesichtern Spaß haben. Aber ich fürchtete, es würde dich langweilen. Wenn du aber willst, so bestelle ich sie auf morgen.«

Die vier Liebhaber, die vor Angst halbtot waren, bekamen wieder etwas Hoffnung, denn sie hielten, was die Frau da sagte, für irgendeine Erfindung, daß sie von ihrem Manne loskäme, aber die Hoffnung wurde bald zunichte.

»Das ist schade,« sagte der Mann, »daß du sie nicht gleich mitgenommen hast. Gerade morgen bin ich mit Geschäften mehr in Anspruch genommen.« Darauf antwortete die Frau: »So will ich dir gestehen, daß ich sie hergebracht habe und mich gerade mit ihnen amüsieren wollte, als du kamst. Ich fürchtete, du könntest es übelnehmen, und deshalb hieß ich sie in diese Kammer gehen und warten, bis ich wüßte, ob du zum Lachen aufgelegt seiest.«

Man kann sich die Angst der Viere vorstellen und wie sie zum Schrecken wurde, als der Gatte zu seiner Frau sagte, sie möge sie einen nach dem andern hereinführen. »Jeder muß uns mit einem Tanz und mit einer Geschichte unterhalten. Und dem, der das nicht will, schlag ich mit meinem Säbel den Kopf ab.« – »Gott steh uns bei,« sagte der Kadi, »wie sollen so ernste und würdige Leute wie wir tanzen? Aber es gibt keinen andern Ausweg, daß wir dieser verdammten Hexe und ihrem schrecklichen Genossen entrinnen, und wir müssen unser Möglichstes tun.« Seine Leidensgefährten waren derselben Meinung und harrten still ihres Loses.

Da trat die Frau in die Kammer, hängte dem Kadi eine Trommel um und führte ihn vor ihren Gemahl; hierauf nahm sie eine Gitarre und begann darauf eine lustige Tanzweise zu spielen. Sofort fing der würdige Beamte zu tanzen an und schnitt dabei solche Grimassen und machte so unsinnige Bewegungen, daß er völlig wie ein gefoppter Affe aussah.

»Bei meiner Seele,« sagte der Mann zu seiner Frau, »wüßte ich nicht, daß er ein Tänzer und Springer von Beruf ist, ich würde ihn für den Kadi halten. Aber, Gott soll mir verzeihen, ich weiß ja, daß unser ehrwürdiger Richter jetzt Urteile spricht oder über den Gesetzbüchern brütet oder die morgigen Verhandlungen studiert.«

Bei diesen Worten verdoppelte der Kadi seine Sprünge und Grimassen, um ja nicht erkannt zu werden; aber schließlich war er so erschöpft, daß er auf den Teppich hinfiel. Der Hausherr aber war erbarmungslos und drohte ihn zu erschlagen, wenn er nicht weitertanze. Was der Arme auch tat, bis er schwitzend und prustend umfiel. Hierauf gab man ihm ein Glas Wein zu trinken, schenkte ihm das Geschichtenerzählen und jagte ihn hinaus.

So kam einer nach dem andern, mußte tanzen, bis er nicht mehr konnte, und wurde dann hinausbefördert. Die Vier gaben sich einen Eid, künftighin klüger und weniger vertrauensselig zu sein.

Die beiden Brüder / Aus dem Altägyptischen

Es lebten einmal zwei Brüder von derselben Mutter und demselben Vater: Anapu war der Name des Großen, Bitu war der Name des Kleinen. Anapu aber hatte ein Haus und ein Weib, und sein kleiner Bruder war bei ihm als Knecht: er machte die Kleider, ging auf dem Felde hinter den Tieren her, er mähte und drosch. Denn dieser kleine Bruder war ein Arbeiter, wie es seinesgleichen nicht gab auf der ganzen Welt.

Und wenn es Saatzeit war, sagte der große Bruder zu ihm: »Richte unsern Pflug, denn das Land ist aus dem Wasser gekommen, und es ist gute Zeit.«

Und viele Tage später waren sie auf dem Felde und ackerten. Der Große trieb seinen Bruder zur Eile an: »Geh, lauf, hol das Saatkorn aus dem Dorfe!«

Und der kleine Bruder traf des Großen Frau, und sie ließ sich gerade das Haar kämmen. Er sprach: »Gib mir Korn, ich muß eilends wieder aufs Feld, denn mein Bruder wartet auf mich.« Und sie sagte: »Geh in den Schuppen und nimm dir selber was du brauchst, ich möchte meine Haare nicht in Unordnung bringen.« Der Kleine ging also und lud auf, was er nur konnte, an Korn und Gerste.

Sie sagte: »Wieviel trägst du auf deiner Schulter?« und der Kleine sagte: »Drei Maße Gerste und fünf Maße Korn, das trage ich.« Und sie sprach wieder: »Du hast wirklich viel Kraft und wirst alle Tage stärker.« Und ihr Herz erfuhr ein neues Liebesverlangen. Sie erhob sich, nahm ihn bei der Hand und sprach: »Komm, wir wollen miteinander auf das Lager liegen. Tust du mir dies, so geb ich dir schöne Kleider.«

Der Kleine geriet wie ein südländischer Panther in großen Zorn ob dieser schlechten Worte, die sie ihm sagte, und sie bekam große Angst. Denn er sprach: »Du bist mir wie eine Mutter, und dein Mann ist mir wie ein Vater. Er gibt mir zu leben. Ach, was du mir da Schreckliches gesagt hast! Sag es mir nicht wieder, und ich will es keinem Menschen sagen.« Er nahm seine Last wieder auf und ging auf das Feld.

Da hatte die Frau des großen Bruders arge Furcht. Sie tat ganz schwarzes Fett auf ihren Leib und wurde davon wie eine, die von einem Übeltäter geschlagen ward, um so zu ihrem Manne zu sagen: »Dein kleiner Bruder wollte mir Gewalt antun,« wenn er des Abends zurückkäme. Dies wollte sie ihrem Manne sagen.

Als der Mann nun heimkam zum Abend, fand er sein Weib in Schmerzen im Bette liegen; sie goß ihm nicht Wasser über die Hände, wie sie es jeden Tag tat; sie machte kein Licht, und das Gemach blieb im Dunkel. »Wer hat mit dir gesprochen?« fragte er. »Niemand als dein kleiner Bruder. Er sagte, als er das Saatkorn holte, zu mir: ›Komm, wir wollen eine Stunde beieinanderliegen; schmücke dein Haar.‹ Ich sagte darauf: ›Was? Bin ich nicht deine Mutter? Und dein großer Bruder, ist er nicht wie ein Vater zu dir?‹ Da bekam er Angst und schlug mich, daß ich es dir nicht vermelde. Aber wenn du ihn weiterleben läßt, dann sterb ich. Denn du kannst dir wohl denken, was er mir tut, da ich es dir erzählt habe.«

Den großen Bruder packte ein mächtiger Zorn. Er schliff sein Messer an dem Steine und nahm es in die Hand und stellte sich hinter der Stalltüre auf, um seinen kleinen Bruder zu töten, wenn er des Abends mit dem Vieh heimkäme.

Aber die Kuh, die vorausging, warnte den kleinen Bruder. Er schaute an der Stalltür hinunter und sah die Füße seines großen Bruders, der dahinterstand, sein Messer in der Faust. Da warf der Kleine seine Last zu Boden und lief, was er konnte, und hinter ihm her sein großer Bruder mit dem Messer.

Der Kleine rief zu Phra-Harmakhuti: »Du, mein Meister, richtest wahr und falsch.« Und Phra hörte die Anrufung und ließ allsogleich ein großes Wasser zwischen den Brüdern sein, und das war ganz voll mit Krokodilen; und der Große stand auf diesem, der Kleine auf dem andern Ufer. Und der Kleine rief: »Bleib da bis zum Sonnenaufgang, dann will ich die Wahrheit feststellen, denn ich werde niemals mehr mit dir sein.«

Und als der andere Tag anbrach und Phra-Harmakhuti sich erhoben hatte, sah jedes den andern. Und der kleine sagte zu dem großen Bruder: »Was willst du mich töten, ohne daß du gehört hast, was mein Mund zu sagen hat? Ich bin doch dein kleiner Bruder! Und du mir wie ein Vater! Und dein Weib mir wie eine Mutter!

Aber da du mich um Korn schicktest, sprach sie zu mir: ›Komm, schlafen wir miteinander eine Stunde.‹ Und dann hat sie dir dies anders erzählt."

Darauf nahm der Kleine aus seinem Beutel ein Messer, schnitt sich das Glied ab und warf es ins Wasser, wo es die Krokodile fraßen. Hierauf fiel er hin und ging ein in das Tal von Acacia. Der große Bruder kehrte zurück in sein Haus, die Hand auf dem Haupte, das ganz voller Staub war, den er sich darüber gestreut hatte. Er tötete sein Weib, warf es den Hunden vor und weinte um seinen kleinen Bruder.

Die Frauen / Aus dem Türkischen

Die Frauen von Halep haben ein schönes Antlitz. Sie sind schön wie Halep selber. Die dreieckige Narbe auf ihrer linken Wange gleicht einem Stück Silber auf einem Rosenblatt. Der Glanz ihrer Schönheit ist der Glanz der Welt. Jede ist ein Mond in Halep.

Es gibt so viele Huren in Halep, daß sie die Welt erfüllen könnten. Ein Einwohner Haleps hat sich einen Stoff weben lassen, ganz bedeckt mit den Figuren des Zebb und der weiblichen Scham. Und hat sich darin gekleidet. Unvergleichlich ist die Schamhaftigkeit von Halep.

Die Frauen von Hidjas haben eine häßliche Gestalt: sie schmücken ihre Brust nicht mit Liebhabern. Ihr Leib ist schlaff, ihr Gesicht ist schwärzlich. Bloß die Frauen von Mekka haben etwas Angenehmes. Sie halten auf Scham und Ehre. Es gibt keine Huren in diesem Lande. Wenn eine Hure in Ägypten ganz unerträglich wird, dann schickt man sie nach Mekka in Verbannung. Das ist schade für eine so reine Stadt. Denn diese Ägypterinnen beschmutzen die Stadt.

Die Frauen der arabischen Täler von Mekka bis Bagdad haben ganz wunderbare Gewohnheiten. Sie tätowieren sich blau und glauben dadurch schöner zu sein. Alle haben sie blau tätowierte Lippen.

Wie sie küssen? Ihr Körper gleicht einer Tigerhaut. Von der Stirn bis herunter zur Scham ist alles buntscheckig.

Die Elegantesten lassen sich auf den Bauch ein Kaninchen, auf den Nacken einen Windhund tätowieren, und der Windhund läuft hinter dem Kaninchen her.

Dieser wie eine Schlange oder eine kabbalistische Tafel gefleckte Leib gefällt sehr den Arabern der Täler.

Die Mädchen Abessyniens sind hübsch und schlank. Ihre Manieren sind sehr verführerisch. Es gibt da zwei Sorten von Frauen, die sich vornehmlich durch die Farbe unterscheiden. Die Frauen der gesuchten Sorte haben einen kleinen Körper. Sie sind Jungfrauen jedesmal: man öffnet nicht die Perle ihres Schatzes. Ihre köstliche Sache ist eine errötende Rosenknospe: öffnet sie sich des Nachts, so schließt sie sich wieder des Tags. Diese Frauen nennen sich Töchter von Khatai und haben eine goldkäferfarbige Haut. Auch zwei und drei Kinder machen sie nicht häßlich.

Ein Weiser hat mir gesagt, daß die Gebärmutter dieser Frauen heiß ist wie ein Backofen; und so schließt sich ihre Wunde durch die bloße Kraft dieses Brennens.

Höre, o Joseph von Ägypten unserer Zeit, du, dessen Herz das Herz der Frau verbrennt, die dich verführen will!

Der Gang der Ägypterin ist ein Geschenk des Satans. Da drunten füllen die Huren die Straßen zur Rechten und Linken. Wie schamlos sie sind! Und was für Künste, einen zu fangen! Und welch ein Verlangen voll Brunst!

Einen Feuereimer tragen sie bei sich immer, denn ihr Blut brennt. Flösse der Nil durch jede von ihnen, er könnte das Feuer nicht löschen. Man kauft sie billig für ein Kupferstück, wie es die Dynastie der Geriten bestimmt hat.

Die braven Ägypterinnen sind köstlich! Ah, wenn sie nur nicht die Krankheit hätten! In Ägypten hält man die Krankheit für glückbringend: alle Frauen haben sie.

Ihre Augen schielen ein wenig oder schmachten wollüstig.

So hübsch und mächtig die Frauen da sind, so unfähig sind die Männer. Und die Frauen reiten auf Eseln spazieren.

Wie wohl nenne ich Hanem, diese Schamlose, die in einen köstlichen Tscharaf gekleidet auf einem Esel reitet? Ihre Füße schleifen; man sieht ihre Waden, ja, man sieht alles! Zwei große Fellachen, stark, um Krokodile zu erdrosseln, halten sie an den Knien. So reitet sie über den Platz. Nach rechts und links macht sie den Eselhändlern Zeichen. Und Hadji Yatmaz, der Dummkopf, verliert den Kopf, springt auf einen Esel und reitet ihr nach. Sein unsauberes Fell schleift auf dem Boden, der Speichel steht ihm auf den Lippen. Und zeigt ihm die große Dame die Feige, so ruft er: ›Ja, ja, o Herrin!‹

So fängt sie sich auf ihrem Spazierritt ein paar alte Böcke. Und dann tanzt sie auf arabische Art. Setzt sich einem nach dem andern auf den Schoß. Sie gleicht dem Venusstern, und die Knie ihrer Liebhaber sind die Konstellationen ihres Zodiakus. Und singt Lieder mit wirklichem Feuer.

Unter ihren Liebhabern hat sie Bräuche und Gesten, den ägyptischen Mädchen allein eigentümlich. Sie überschüttet mit ihren Wohltaten Kleine und Große. Und wenn nachher alle müde sind, kommt wohl gerne der Esel an die Reihe.

Noch was sehr Wunderbares machen die Mädchen da drunten: sie legen sich auf den Bauch und stellen auf jede ihrer Hinterbacken eine Tasse; die eine ist gefüllt mit Wasser; und unsere Ägypterinnen bewegen dann ihr Hinterteil so, daß der Inhalt der vollen Tasse in die leere hinübergelangt.

Noch etwas, und das hat mir einer erzählt, der allen Glauben verdient: Es lebte einmal in Ägypten eine, die stickte und sang mit – ihrer Freude! Hat sie vielleicht einen Dichter da hineingesteckt? Oder war etwa die Freude eine Zungenpfeife? Es hat ja die Freude der Frau ihre Zunge, aber kann sie reden? Schreien vielleicht, aber wie kann der Schrei ein Lied werden? Ich habe nie was Ähnliches erzählen hören. Aber: glaube an alles, was man dir über Ägypten erzählt, über die Mutter der Welt! Sie ist die Dirne der Welt.

Der falsche Eid / Aus dem Mongolischen

Vor Zeiten lebte ein König namens Tsektu Illagukssan, der eine Tochter hatte, die hieß Naran Gerel. Wer Naran ansah, dem wurden die Augen ausgestochen; dem Manne, der in ihr Wohngemach trat, dem wurden beide Beine abgeschlagen, so unerbittlich hart war der König mit seinem Machtgebot. Diese Tochter Naran sprach einst zu ihrem Vater: »Da ich weder Mensch noch Tier je sehe, so wird mir die Zeit lang; am fünfzehnten des Monats hätte ich Lust auszugehen und mich etwas umzuschauen.« Der König war damit einverstanden. Er ließ überallhin einen Befehl des Inhaltes verbreiten: Alle Männer und Frauen sollen in den Häusern bleiben und Fenster und Türen schließen; wenn einer heraustrete oder aus dem Fenster blicke, den werde er mit strenger Strafe züchtigen.

Am fünfzehnten des Monats nun fuhr Naran in einem neuen Wagen sitzend, von zahlreichen Mädchen und Frauen umgeben, in der Stadt umher und besah sich alles. Inzwischen hatte ein Minister namens Ssaran vom Söller aus, auf den er, in der Absicht, die Königstochter zu sehen, gestiegen war, diese mit Muße betrachtet. Und ihn erblickte Naran. Sofort streckte sie einen Finger in die Höhe und machte mit der andern Hand auswärts ringsum eine Kreisbewegung; darauf ballte sie die Hand zusammen und ließ sie wieder frei; dann legte sie zwei Finger zusammen und deutete damit nach ihrem Hause hin. Ssaran stieg eiligst herab und ging in seine Wohnung. »Nun,« fragte ihn seine Frau, »hast du die Königstochter gesehen?" – »Sie hat mir,« erwiderte er, »Böses gedroht; was soll ich anfangen?« – »Wie hat sie dir denn gedroht?« fragte die Frau. Da machte er sie mit allen Zeichen von Naran vertraut. Die Frau sprach: »Sie hat dir keineswegs gedroht; sie hat dich gelockt. Das Emporheben des einen Fingers bedeutet, daß sich in der Nähe ihrer Wohnung ein Baum befindet. Daß sie die Hand auswärts um den Finger einen Kreis machen ließ, damit dürfte eine Ringmauer gemeint sein. Daß sie die Hand ballte und dann wieder frei ließ, damit dürfte sie angedeutet haben: komm in den Blumengarten. Das Zusammenlegen der beiden Finger dürfte heißen: mit dir möchte ich eine Zusammenkunft haben. Geh nur hin.« Der Minister sagte darauf: »Ist denn nicht das Verbot des Königs so streng?« Worauf die Frau sagte: »Wenn die Fürstentochter einlädt, pflegt man da nicht hinzugehen? Geh, nimm diesen Edelstein und mach dich auf den Weg; für einen Mann ist ein Edelstein von Nutzen.«

Mit diesen Worten schickte sie ihn hin.

Ssaran machte sich auf in den Blumengarten und setzte sich da an den Fuß eines Baumes. Inzwischen war auch Naran herausgetreten, und die beiden überließen sich den Freuden der Liebe und ruhten schlummernd bis Sonnenaufgang.

Da erschien ein Beamter, der die Aufsicht über den Garten führte mit hundert Bewaffneten, erkannte die Königstochter Naran und den Minister Ssaran, ergriff sie beide, führte sie ab und setzte sie ins Gefängnis.

Bei diesem Anlaß sprach die Königstochter: »Ich wollte eigentlich zu meinem Vater, dem König, gehen.« Doch der Beamte, der sie verhaftet hatte, versetzte: »Wie viele Menschen, welche dieses Mädchen geschaut haben, sind nicht schon umgekommen! Jetzt ist Naran Gerel dem Tode nahe. Dem Verderben vieler Untertanen setze ich auf diese Weise ein Ziel. Den Leuten, welche dieses Mädchen geschaut, müßte man die Augen ausstechen; den Leuten, die ihr nahe gekommen, die Füße entzwei schlagen.«

Und mit diesen Worten behielt er sie in Gewahrsam.

Indessen fragte Naran Gerel den Ssaran, ob er irgendein Rettungsmittel wisse, aber der Minister erwiderte, daß es keinen Ausweg gebe. »Wie hast du denn,« fragte sie weiter, »meine Zeichen erkannt?« – »Ich,« versetzte er, »habe sie nicht erkannt; meine Frau hat sie erkannt.« – »Da muß wohl deine Frau sehr klug sein,« sprach sie, »hat sie dir sonst etwas mitgegeben?« – »Nichts,« sagte er, »nur diesen Edelstein hier hat sie mir gegeben.« Naran nahm den Stein, und indem sie durch das Fenster des Gefängnisses schaute, rief sie: »Ihr Leute, die ihr uns bewacht, nehme einer von euch diesen Edelstein; für Menschen, die sterben sollen, ist ein Edelstein unnütz; sollte er nicht euch Lebenden einmal dienlich sein? Wer ihn aber in Empfang nimmt, der gehe hin, klopfe dreimal an das Tor des Ministers Ssaran, umwandle dasselbe dreimal und komme dann zurück.«

Ein Mann nahm den Stein, und nachdem er getan, wie ihm geheißen, kam er wieder zurück. Da Ssarans Gemahlin die Verhaftung ihres Mannes hieraus erkannt hatte, zog sie ihre verschiedenen

Prachtgewänder an, setzte einen großen schwarzen Hut auf, nahm ein kostbares Körbchen, in welches sie allerlei Früchte füllte, und schlenderte an den Toren des die Verbrecher in Gewahrsam haltenden Gefängnisses vorüber, bis sie zu der Türe gelangte, wo ihr Mann eingeschlossen war. Da sprach sie zu dem Wachthabenden: »Da mein Mann heftig krank ist, so lautet der Ärzte Ausspruch dahin, daß es ersprießlich wäre, wenn ich unter diese Unglücklichen hier Speise austeilte; ich möchte deshalb hier eintreten und ihnen diese meine Speise reichen.«

Auf diese Worte sagte der Aufseher: »Bei einem Weibe sind viele Reden unnötig. Tritt rasch ein, und wenn du ausgeteilt, so komm wieder heraus.«

Nachdem die Frau eingetreten, setzte sie der Naran Gerel ihren eigenen Hut auf und ließ sie auf diese Weise entkommen; sie selber aber blieb bei ihrem Manne zurück.

Inzwischen war der König erschienen, und als ihm auf seine Frage der Beamte die von ihm vorgenommene Verhaftung der Naran Gerel und des Ministers Ssaran meldete, da geriet der Großkönig in Zorn, und das Schwert ziehend, befahl er, die beiden auf der Stelle vor ihn zu führen.

Man führte sie vor, und als der König die beiden erblickte, rief er: »Wo ist Naran Gerel?« Die Frau sprach: »Wir beide wissen es nicht.« »Warum seid ihr denn verhaftet worden?« fragte der König. Der Minister antwortete: »Meine Frau hier hatte Lust, den königlichen Blumengarten zu besuchen; indem ich sie hinführte, um ihn ihr zu zeigen, haben wir die Nacht da zugebracht; einer anderen Schuld sind wir uns nicht bewußt.« Der König sprach: »Wo auch immer der Mann und die Frau die Nacht verbracht haben, dafür sind sie nicht strafwürdig. Wozu war es nötig, sie deshalb gefangen zu setzen?« Damit überließ er den kommandierenden Aufsehern und den hundert Mann Soldaten den Minister Ssaran auf Gnade und Ungnade. Da wagte der Aufsichtsbeamte dem Könige folgende Vorstellung zu machen: »Bei der unlängst erfolgten Verhaftung war es in der Tat deine Tochter Naran Gerel; den Mann aber kenne ich nicht im Geringsten. Es bleibt mir freilich nichts anderes übrig als der Tod; doch laß deine Tochter Naran zuvor einen Eid über Gerstenkörnern schwören, dann will ich sterben.« Der König willigte ein und befahl seiner Tochter den Eid zu schwören. Bei einer solchen Gelegenheit pflegt alles, was Gerstenkorn heißt, sobald ein Mensch schwört, der Böses getan vorher, auf eine falsche Aussage hin mächtig in die Höhe zu schießen, bei einer wahren Aussage dagegen wächst sicherlich nichts. Naran sprach zu ihrem Vater: »Warum soll ich, deine einzige Tochter, schwören?« »Schwöre!« sagte der König. »Mag ich nun aber rein oder unrein sein, vor einer zahlreichen Menge will ich den Eid schwören.« Der König ging darauf ein und ließ mittels einer Kundmachung eine allgemeine Versammlung ausschreiben.

Als die Frau des Ministers dies erfahren, bestrich sie ihren Mann am ganzen Leibe mit schwarzer Farbe und gab ihm folgende Anweisung: »Zur Stunde des Schwures bei den Gerstenkörnern suche, das eine Auge halb schließend, auf einem Fuße hinkend, blindlings, blöde lachend, eine Krücke unterm Arm, dich unter dummen, bösen Possen in der Menge herumzutreiben. Bei dieser Gelegenheit wird vielleicht die Naran Gerel für sich irgendeinen Ausweg finden: den königlichen Untertanen suche ihr Essen wegzunehmen.« Mit solcher Anweisung entließ sie ihn.

Als nun der Mann also auftrat, sprach der König: »Entfernt doch dieses gemeine abscheuliche Wesen, das man nicht ansehen kann.« Während ihn nun die Beamten des Hofes, den Abscheu gegen ihn noch mehr erregend, zurückstießen, erhob sich die Königstochter und sprach zu ihrem Vater dieses: »Während ich unschuldig bin, hat mich dieser Aufsichtsbeamte beleidigt. Doch wäre es für eine als Jungfrau sich ausgebende Dame, die über diesen Gerstenkörnern hier schwören soll, unschicklich, verstohlene Liebe abzuschwören. Unter diesen Umständen will ich den Eid leisten und dabei auf einen Mann hinzeigen. Wollte ich nun auf einen schönen Mann hinzeigen, und bei ihm schwören, so würde ich neuerdings wieder mit ihm Scherz treiben. Ich bezeichne Euch daher diesen bresthaften Menschen hier, bei ihm will ich schwören, – sprecht nun Eure Zustimmung dazu aus.« Da riefen alle Beamten: »Wie kann die Königstochter auf ein so häßliches niedres Geschöpf hinweisen und bei ihm schwören?« Doch Naran Gerel antwortete: »Bei dem hat es keine Gefahr. Sollte ich denn wirklich mit dem da in einer Liebe gestanden haben? Und was hat es auf sich, mit inhaltsleerem Munde ein Geständnis abzulegen?« Dabei erhob sie sich und begann also: »Von klein an bis auf heute habe ich meines königlichen Vaters Namen niemals befleckt; der einzige Mann, mit dem ich mich in Liebe verschlungen habe, ist dieser krüppelhafte Mensch hier. Mit einem andern Menschen außer ihm habe ich nimmer Umgang gepflogen.«

In solchen Worten tat sie den Eid. Und da sie ihrerseits die Wahrheit gesprochen, so erhoben sich die Körner auch im Geringsten nicht. Alle Anwesenden, mit dem König an der Spitze, glaubten jetzt an die Unschuld der Naran Gerel; den Aufsichtsbeamten ließ der König hinrichten; den Minister Ssaran ließ er straflos ausgehen.

Drei kleine Geschichten / Aus dem Chinesischen

1.

Eine Frau hatte während der Abwesenheit ihres Mannes ein Stelldichein mit ihrem Liebhaber, als sie ihren Mann kommen hörte. Schon steckte sie den Liebhaber in einen Reissack, der in einer Zimmerecke stand. Als nun der Gatte eintrat, merkte er, daß da etwas nicht richtig war und fragte wütend: »Was hast du da in den Sack getan?« Das Weib konnte vor Schrecken keine Antwort geben. Da kam nach einer Pause eine Stimme aus dem Sacke: »Reis.«

2.

Ein schlechter Mensch hatte einen tiefen Haß gegen einen reichen Mann gefaßt und bat einen Zauberer, ihm zu helfen. »Ich kann Geisterkrieger schicken, die ihm heimlich den Hals abschneiden,« sagte der Zauberer. »Ja, aber seine Söhne und Enkel erben,« sagte der andere, »also ist das nichts für mich.« – »Ich kann Feuer vom Himmel holen,« sagte der Zauberer, »und ihm sein Haus und Habe verbrennen.« – »So behält er noch immer Äcker und Felder. Was kannst du noch?« »O,« sagte der Zauberer, wenn dein Haß so tief ist, so hab' ich etwas ganz Kostbares hier,« und gab mit diesen Worten seinem entzückten Klienten ein fest umschnürtes kleines Paket, das, als der Mann es öffnete, eine Schreibfeder enthielt. »Was für eine geheimnisvolle Kraft soll darin sein?« fragte der Mann. – »Ach,« rief der Zauberer, »du weißt sicherlich nicht, wie viele schon durch den Gebrauch dieses kleinen Dinges zugrunde gerichtet worden sind!«

3.

Ein Bräutigam bemerkte tiefe Runzeln im Antlitz seiner Braut und fragte sie nach ihrem Alter. Worauf sie sagte: »So fünf-, sechsundzwanzig.« »Im Ehekontrakt,« sagte er, »steht dein Alter mit achtunddreißig angegeben, aber ich bin sicher, du bist älter, und mir kannst du es schon sagen.« »Also ich bin wirklich fünfundvierzig,« sagte die Braut. Aber der Bräutigam war nicht überzeugt und legte also eine Falle. »Ich muß das Salzfaß zudecken, sonst fressen mir die Ratten das Salz weg,« sagte er. Da rief die Braut: »Ach, Unsinn! Ich lebe hier schon achtundsechzig Jahre und hab nie gehört, daß Ratten Salz fressen.«

Die Frau des Krämers / Aus dem Persischen

Eines Tages, da die Frau eines Krämers auf dem Dache ihres Hauses saß, erblickte sie ein junger Mann und verliebte sich. Da die Frau dies alsbald bemerkte, rief sie ihn und sagte: »Komm nach Mitternacht zu mir und setze dich unter einen Baum, der in meinem Hofe steht.« Nach Mitternacht begab sich der junge Mann nach ihrem Hause; die Frau erhob sich vom Bette, ging zu dem Jüngling und legte sich neben ihn unter den Baum.

Es begab sich, daß der Vater des Krämers um die nämliche Zeit, eines Geschäftes wegen, aufstand und auf den Hof ging. Da sah er die Frau seines Sohnes sich mit einem fremden Manne erfreuen. Unbemerkt nahm er der Frau die Ringe von den Füßen, steckte sie zu sich und dachte: am Morgen will ich das Weib bestrafen.

Nach einer Weile schickte die Frau den Jüngling wieder fort, ging zu ihrem Manne, weckte ihn und sagte: »Im Hause ist es sehr schwül, komm, laß uns unter dem Baume im Hof schlafen.« Also lagerte sich die Frau mit ihrem Manne auf demselben Platze, wo sie und der junge Mann der Liebe gepflogen hatten. Als der Mann fest schlief, weckte ihn die Frau plötzlich und sprach: »Dein Vater kam soeben vorbei, nahm mir die Ringe von den Fußgelenken und trug sie weg. Dieser alte Mann, den ich als meinen Vater ansehe, wie konnte er sich doch mir nahem, als ich neben meinem Manne schlief, die Ringe von meinen Knöcheln nehmen und wegtragen?«

Am Morgen war der Gatte auf seinen Vater böse, der ihm nun den Umstand entdeckte, wie er seine Schwiegertochter in der Nacht mit einem fremden Manne getroffen hätte. Der Sohn sprach barsch zu seinem Vater: »In der Nacht, als meine Frau und ich der Hitze wegen unter dem Baume schliefen, kamst du her, nahmst meiner Frau die Ringe und trugst sie weg. Um dieselbe Zeit weckte mich meine Frau und zeigte mir den Umstand an.«

Darauf war der Vater sehr beschämt und die Frau kam durch ihre Schlauheit ungestraft davon.

Der dumme Khodja Binai / Aus dem Persischen

Khodja Binai begegnete eines Tages einem Manne, der hatte in der
Falte seines Gewandes zwölf Eier, und dieser Mann sagte zu Khodja: »Wenn du erratest, was ich da drinnen habe, gehören alle Eier
dir.« Khodja, antwortete: »Mein Bruder, ich bin doch nicht Gott, daß
ich angeben kann, was in der Welt der Geheimnisse vor sich geht.
Du mußt mir schon noch einige Angaben machen, damit ich es
errate.« – »Es ist gelb in der Mitte und weiß darum herum.« – »Ich
hab es,« schrie Binai, »es sind gelbe Rüben inmitten weißer Retti-
che!«

Aber ich wollte eine andere Geschichte von dem Khodja erzählen.
Er hatte ein junges Weib, das er niemals allein ausgehen ließ. Einer
von des Königs Pagen, der oft zu dem Khodja kam, hatte schon
oftmals mit ihr Zeichen der Verständigung gewechselt, und die
Schöne hatte auch große Lust zu der Sache. Eines Tages fragte Binai
den Pagen, wie es komme, daß er bei seiner Jugend schon eine so
einflußreiche Stelle bei Hofe habe. Der Page sagte: »Ich danke meine
Stelle bei Hofe der Gunst des Schah unseres Herrn, der mich allen
seinen andern Höflingen vorzieht.« »Aber,« fragte Binai, »was hat
dir denn diese Gunst des Herrschers erworben?« »Meine Schönheit
und meine Gefälligkeit,« sagte der Page. »Ich bin des Schah Geliebter, und er ist so verliebt, daß er mich allen seinen Frauen vorzieht.«
»Ach,« rief Binai, »der Schah muß sehr glücklich sein mit einem
Geliebten wie du. Was mich anlangt, so möchte ich wohl in meinem
Leben einmal das reizende sehen, das unser Großherr mit seiner
Gunst auszeichnet.« Der Page lachte und sagte zu Binai, da er sein
Freund sei, wolle er ihm diesen Anblick nicht versagen. »Gut,« sagte der Khodja, »laß doch gleich die Kleider herunter.« »Das nicht,«
antwortete der Page,« »so geht es nicht beim Schah her. Bevor er
mich mit seinem Besuch beehrt, bewirtet er mich.« »Ich laß dir sofort was Feines bringen,« rief Binai. »Nur langsam,« sagte der Page.
»Du weißt, daß es den Untertanen nur von weitem erlaubt ist, den
Schah zu sehen. Willst du nun mit den Freuden von Seiner Majestät
dir Freiheiten herausnehmen, die du dir nicht mit der Majestät selber erlaubst?« »Gott soll schützen,« rief Binai. »Mein oberer Saal hat
ein Fenster, das in den innern Hof geht. Du kannst dich mir von
oben zeigen, als ob du der Schah selber wärst.«

Der Page, der gar nichts anderes wünschte, als in den oberen Saal zu kommen, der mit dem Frauengemach in Verbindung stand, war einverstanden und stieg hinauf. Der dumme Khodja setzte sich unten im Hof auf einen Teppich und wartete respektvoll, daß die Freude des Schahs sich ihm zeige. Während er so wartete, lief seine Frau zu ihrem Geliebten, dem Pagen. Der setzte sich nun auf einen Stuhl, ließ die Frau rittling so auf sich sitzen, so daß sie sich dem Fenster zuwandte, und gab ihr, was sie von ihm zu empfangen so große Lust hatte. Binai betrachtete von unten die Hinterseite seiner Frau in der allerschönsten Positur und schaute sich danach die Augen aus.

»Nun, hast du alles gut gesehen?« fragte der Page, als er wieder in den Hof hinunterkam.

»Ich habe,« antwortete der Khodja, »und wahrhaftig, ich kann die Leidenschaft unseres Großherrn begreifen, denn diese Freude ist weiß wie die einer Frau, und hätte ich nicht dazwischen das Etwas gesehen, ich hätte dich für ein Weib gehalten. Aber sag, weshalb hast du dich so stark her und her bewegt?«

»Du bist ein Dummkopf, Khodja,« sagte der Page, »ich mußte dir doch zeigen, wie ich es mache, wenn ich mit dem Schah bin.«

»Du hast recht,« sagte Binai »und nun versteh ich's, daß du dich solcher Gunst erfreust.«

Ganz anders war aber ein Bruder des Kodja, der es zu hohen Ehren brachte. Und dies kam so.

Der Schah war eines Tages auf das Dach seines Hauses gestiegen. Da sah er auf dem Dache des Nachbarhauses einen Mann mit ernstem Gesicht, der die merkwürdigsten Zuckungen und Verrenkungen machte, um sich selbst zu lieben. Der Schah ließ erstaunt den Mann von einem aus seiner Garde holen. Er ward gebracht und warf sich auf den Boden und wartete, was der Schah von ihm wolle.

»Sonderbarer Mensch,« sagte der Schah, »welche verrückte Beschäftigung hast du getrieben? Was für eine Frucht hofftest du da zu pflücken? Du siehst wie ein ernster und vernünftiger Mensch aus und tust etwas so Sinnloses.«

»Geheiligte Majestät,« sagte der Mann, »ich bin der Staub unter deinen Füßen. Mein Tun war nicht so unvernünftig, wie es aussah. Ich habe bemerkt, daß alle jene Männer, welche Eure Majestät zu lieben geruht, hohe Ämter bekamen, Gouverneure und Minister wurden. Ich wollte sehen, ob ich nicht dieselben Tugenden besitze, wie Eurer Majestät und ob ich, wenn ich es so selber treibe, mich nicht zu hohen Ehren bringen könnte.«

Der Schah lachte laut über des Mannes Rede, und da er sah, daß er Geist besaß, gab er ihm eine wichtige Stelle an seinem Hofe.

Indischer Karneval / Aus dem Neu-Hindostanischen

Wenn auch in den Augen jener, welche die edlen Steine kennen, mein Buch von wenig Wert ist, denn was ist neben einer reinen Perle eine gewöhnliche Muschel, so sei es dennoch: denn die Gärtner im Garten der Liebe wissen, daß die Rose Stacheln hat. So hoffe ich, daß die ernsten Leser nicht kritisch ansehen, was ich da bescheiden schreibe, sondern daß sie vielmehr, stößt ihnen ein Fehler auf, ihn verbessern, denn nichts ist vollendet, es sei denn das einzige Wesen.

Also wisse, daß ich im Karneval meinen Verstand an die Liebe zu einer Bajadere verloren und ihr mein Herz hingegeben habe. Sie hatte ein Gesicht strahlend von Reizen, das Haar duftend von Ambra und wohlgelockt und eine weiße Stirn. Ihre Brüste warm fester als ein Granatapfel von Samarkand und weißer als der Himalajaschnee. Das Haar ihrer heimlichen Reize war samtiger anzurühren als Seide aus China, und der offene Liebesmund war süßer als Kandiszucker; die Lippen, die ihn küßten, konnten sich nicht trennen.

Lange schon wollte ich eine Ähre aus der Ernte ihrer Gluten lesen, mir einen Kuß von ihren Lippen Holm, aber sie entschlüpfte mir immer singend.

Endlich im Karneval versprach sie mir das Paradies in ihrem Hause und sagte, sie wolle noch neun meiner Freunde einladen, Jünglinge von großer Schönheit. Ich rollte den Teppich der Freude auf und füllte ihn mit aller Art Speisen, die unser Fest erheitern sollten. Ich schickte auch diskrete Musikanten zu Latifa, so nannte ich meine Bajadere, daß sie durch Schleier getrennt von uns spielen sollten.

Als der Abend kam, hättest du in unserm Lusthaus Wein von Kulari sehen können, rot wie Rubine aus Badakhan, Kristallgläser, glänzend wie die Sonne; Rosen und Hyazinthen aufeinandergehäuft, parfümierte Kissen und mit Blumen überstreute Lager überall: eine ganze Rosenernte war da; in Veilchen schleiften unsere Gewänder und Ambra rauchte in den Schalen und hohe Leuchter strahlten ihr Licht.

Die Klänge der Laute, das Murmeln der Springbrunnen, die Läufe der Theorbe machten eine berauschende Musik. Es gab geschnittene Mandeln, entkörnte Pistazien und herrliche Zwischengerichte; Goldfasanen gab es und fette Hühner. Und die Luft war wohlbereitet mit anreizenden Gerüchen aus Rauchwerk und Aloe. Auf einer Estrade tanzten Mädchen aus Kaschmir zum Flötenspiel kabulischer Virtuosen.

So kam der Augenblick, wo das Feuer der Becher in das Blut der Gäste brannte. Die Musikanten und die Tänzerinnen zogen sich zurück. Unsere Gäste wollten dasselbe tun, aber Latifa hielt sie am Ärmel fest. »Edle Herren,« sagte sie, »es schickt sich nicht, daß ich und mein Geliebter diesen Abend uns allein den Freuden der Liebe geben. Bleibt doch. In dem Lusthaus neben diesem warten Mädchen, an Zahl und Schönheit euch gleich. Ich will die Lichter löschen. Ich will die Mädchen hierher bringen, daß sie die entflammten Sinne erfrischen und sie aufs neue wecken, wenn sie sich selbst daran entzünden. Legt euch hier in die Blumen, auf diese Lager von chinesischer Seide und Brokat aus Chluster. Dann schließt im Schutz des Dunkels die Mädchen in eure Arme und laßt sie die Liebe fühlen.«

Alles war von diesen Worten entzückt, und man löschte die Lichter. Ich entkleidete mich rasch und schon stürzte mir Latifa in die Arme. Das Feuer tauchte unter, wir hörten die neun Mädchen nicht kommen in unserer Lust. Das Geräusch der Küsse löste die sanfte Musik der Instrumente ab, und die brennenden Körper der Mädchen tranken in langen Zügen die Liebe, die ihnen ihre jungen starken Geliebten spendeten. Aufs neue wollte ich meine Geliebte umarmen, als sich die verschlagene Zauberin entwand, und während ich ihre Brüste suchend in Rosen griff, entzündete sie schnell die Lichter und warf sich wieder an meinen Hals. Trunkene Liebespaare boten sich unseren Augen. Hier verging in Wollust eine Schöne mit Tulpenwangen zwischen Jünglingen, gab dem einen mit ihrem Munde den Rausch, den ihr der andere mit den Lippen anderswo bereitete. Dort teilten zwei Huris sich in die Liebkosungen eines Geliebten, gaben ihm gemeinsam wieder, was er jeder einzeln gab. Hier lagen zwei umschlungen erschöpft, dort rüstete sich ein Paar.

Die Zauberin lachte und sprach: »Seid ungestört. Die Liebe und der Karneval entschuldigen unsere schöne Tollheit. Entkleiden wir uns ganz und trinken wir zu neuer Kraft in unserm Liebesspiel, das uns allein ein Geheimnis ist.«

»Ja,« sagte ich, »und so sei es an jedem Abend des Karnevals.«

Alles stimmte bei. Die Becher kreisten und die Liebe verzückte sich aufs neue und heftiger noch in blonder und schwarzer Schönheit.

Ben Beschir und Tschunder / Aus dem Persischen

In einer Stadt war ein Jüngling namens Beschir, der einen vertrauten Umgang mit einer Frau namens Tschunder pflog. Nach einigen Tagen wurde ihr Geheimnis bekannt. Tschunder wurde von ihrem Manne nach einem anderen Ort gebracht, und Beschir beklagte diese Trennung Tag wie Nacht. Eines Tages sagte er zu einem Araber, mit dem er lange schon bekannt war: »Ich möchte Tschunder wohl besuchen, aber komm du mit mir.« Der Araber willigte ein. Und sie machten sich zusammen auf den Weg. Als sie bei Tschunders Wohnung ankamen, ruhten sie unter einem Baume aus; Beschir schickte den Araber hin, der nach ihrem Hause ging und Grüße von ihrem Freunde überbrachte. Tschunder sagte ihm: »Zu Nacht will ich unter jenem Baume sein.«

In der Nacht nun ging Tschunder zu dieser Stelle, wo Beschir sie an seine Brust drückte. Beschir fragte, ob sie die ganze Nacht bei ihm bleiben würde. Sie antwortete: »Nein, wenn anders nicht der Araber einen Auftrag übernehme, in welchem Falle sie wohl bleiben könnte.« Der Araber fragte, was er tun solle, und Tschunder sagte: »Zieh mein Kleid an, geh in mein Haus, und setze dich an den Herdplatz. Wenn mein Mann mit einem Becher Milch kommt und dir zu trinken gibt, so nimm den Becher, und enthülle auch nicht dein Antlitz; hierauf wird er den Becher neben dich hinsetzen und weggehen; nachher trinke die Milch.«

Der Araber war es einverstanden und tat wie ihm geheißen. Als Tschunders Mann mit dem Becher Milch kam, konnte alles, was er sagte, den Araber nicht bewegen, zu trinken oder den Mund aufzutun oder ihm auch nur den Becher aus der Hand zu nehmen. Der Mann geriet in Wut, fing an, ihn mit der Peitsche zu hauen und sagte: »Obgleich ich dir so viele Nachsicht bezeige, willst du doch nicht deine Lippen öffnen und auf meine Worte Antwort geben?«

Und er peitschte den Araber dergestalt, daß dessen Rücken ganz rot und blau wurde. Als Tschunders Mann wegging, weinte und lachte der Araber zugleich.

In diesem Augenblick kam Tschunders Mutter und sagte: »Ich ermahne dich beständig, warum willst du deinen Mann dir nicht zum Freunde machen? Wenn du dich nach Beschir sehnst, so wirst du das Antlitz deines Mannes nicht wieder sehen.«

Die Mutter ging weg und sagte zu Tschunders Schwester: »Geh und setze dich zu ihr und frage sie, warum sie sich nicht mit ihrem Manne vertragen will.«

Tschunders Schwester ging also zu dem Araber, der bei dem Anblick ihres schönen Gesichtes vergaß, was er von den Prügeln ausgestanden hatte; und wie er seinen Kopf aus dem Leinentuch herausstreckte, sagte er: »Ach, liebe Frau, Eure Schwester ist diese Nacht zu Beschir gegangen und hat mich hergeschickt, ihren Platz auszufüllen. Seht nur, was für Prügel ich ihretwegen erlitten habe.« Und bei diesen Worten entblößte er seinen Leib und zeigte der Schwester Dinge, die ihr gar wohl gefielen. Und der Araber sagte weiter: »Bleibet bei mir diese Nacht, sonst werden ich und deine Schwester Schimpf erleiden.«

Tschunders Schwester lachte und blieb bei dem Araber die ganze Nacht. Als der Morgen graute, begab sich der Araber zu Tschunder, die ihn fragte, wie er die Nacht verbracht habe. Er erzählte ihr alle Umstände in Hinsicht ihres Mannes und zeigte ihr seinen Rücken. Tschunder schämte sich vor sich selber, wußte aber nicht, wie angenehm er sich die Nacht über mit ihrer Schwester vergnügt hatte, und auf gleiche Weise wie sie mit ihrem Beschir.

Die Hetären / Aus dem Sanskrit

Die Hetären verhüllen die Gegend ihrer Scham, nur um das Verlangen der Männer zu steigern, nicht aber aus Schamhaftigkeit. Sie legen prächtige Gewänder an, um das Volk der Verliebten an sich zu ziehen, nicht aber, weil es so Sitte ist.

Fleischbrühe trinken sie, um stark zu sein für die Männer, nicht aber wegen des natürlichen Verlangens danach. Lieben sie die Malerei und die andern Künste, so um ihren Eifer zu zeigen, nicht um sich daran zu erfreuen.

Die Röte der Leidenschaft ist auf ihren Lippen, nicht in ihrem Herzen. Geradheit ist in ihren Armen, nicht in ihrer Natur. Wogend sind ihre lockenden Brüste, nicht aber sie selber in dem Leben, das die Guten mit Freuden begrüßen.

Schwere und Richtung zeigen sie in ihrer wie ein Hügel gewölbten Scham, nicht gegen die Edelgeborenen, deren Vermögen sie genommen haben. Trägheit ist in ihrem Gang, nicht aber in ihren Bemühungen, die Männer zu prellen. Der Trank des Rausches ist auf ihren Lippen zu finden, nicht aber im Lustgenuß mit einem rechten Manne.

Die Hetären sind voller Gier sogar nach den Knaben, tun ungestüm erregt gegen den Greis, haben einen heißen Blick sogar für Entmannte und sind voll Begierde selbst nach einem Kranken.

Es decken sie die Tropfen des Schweißes und ihr Herz wird doch nicht feucht in Zärtlichkeit. Sie zeigen ein Zittern und sind doch hart wie der Kern des Diamantsteines.

Sie schwenken lüderlich die Gegend ihrer Scham und sind unedel. Künstlich ist die Farbe ihrer Augen. Geschickt sind sie, einem alle Glieder ihres Leibes zu überlassen und überlassen einem das Band ihres Herzens nie.

Obwohl nicht aus edlem Geschlecht, kennen sie doch den Schmerz von den Zähnen der Hurenritter. Obwohl sie Lampen der Liebe sind, so brennen sie doch kein zierliches Öl.

Wie der Berg Meru sind die Berghänge ihrer Hinterbacken von tausend erbärmlichen Männern besucht. Wie kluge Fürsten vermeiden sie sorgfältig die Verbindung mit Geldlosen.

Bienen und Huren küssen die Blütendolde und den vortrefflichen Mann, nachdem sie ihn lange an sich gezogen haben. Beide sind geschickt, ihn leer zu saugen.

Von den Männern immer geliebt, reizend durch ihre künstliche Leidenschaft, auf die Scham und den Hintern geschlagen sind die Elefanten und die Huren.

Die vom Schicksal Geschlagenen, die ihre Neigung den Huren geben, fliegen hinaus, beide Hände nach vorne gestreckt.

Der Blumenunterricht in der Yoschiwara / Aus dem Japanischen

»Wollen Sie bitte die Lehrerin Usu Sumo rufen.«

»Gewiß. Wollen Sie bitte etwas warten. Sie wird gleich erscheinen.«

»Sie läßt lange auf sich warten. Weshalb?«

Die Lehrerinnen in der Yoschiwara verlieren viel Zeit für ihre sehr komplizierte Toilette. Zuerst die Simomusapomade und dann die Tsyesibändchen ins Haar. Die einen kleiden sich nach der Mode von Katsuyama, die andern ziehen die von Sianada vor. Es kümmert sie nicht, daß ihr Muschelkamm und ihre Haarnadeln aus Korallen ihre Schulden um tausend Pfund vermehren. Sie sind so. Und Reispuder für das Gesicht, Tücher für den Hals, rote Schminke für die Lippen, Pulver für die Zähne, nichts gibt es, worauf ihre Verschwendungssucht

Die Lehrerin tritt ein. Sie ist sehr schön, sehr vornehm und sehr liebenswürdig. Auf ihren Brauen zeichnet sich der Nebel ferner Berge. In ihren Zügen ist das Zittern der Wellen im Herbstwind. Ihr Profil ist klar und ihr Mund ganz klein. Die Weiße ihrer Zähne beschämt den Schnee des Fuji-Yama. Die Biegsamkeit ihres Körpers erinnert an die Weide im Sommer. Ihr Unterkleid ist aus schwarzem Samt mit goldnen Drachen bestickt. Sie trägt einen Gürtel aus Goldbrokat. Ihre Toilette ist ohne Fehl.

»Ich will die Blumenwissenschaft bei Ihnen lernen.«

»Haben Sie bedacht, wie ermüdend dieses Studium ist? Wenn Ihre Kräfte nicht ausreichen, ist es besser, nicht damit zu beginnen.«

»Ich habe viel übrig dafür und werde meine Kräfte schon nicht darin verbrauchen, vielmehr oft darin üben.«

»Sie haben zu Hause bei sich gewiß viel bessere Lehrerinnen als wir hier sind.«

»Lassen Sie doch. Ich will es hier lernen.« »Wie Sie wünschen. Darf ich Sie bitten, mit mir zu kommen?«

Jeder weiß wie das Zimmer eingerichtet ist. Über der Estrade in der Ecke, die Raum für sechs Lager hat, hängen drei Bildwerke von Hoitsu, welche Vögel und Blumen darstellen. Hier ist auch das Sugarokuspiel, das Go, das Teezeug und ein Samiisen. Daneben ein Gestell mit Büchern, Gedichte, die von der Liebe handeln.

Wie nun die Lehrerin zum zweitenmal erscheint, ist sie für das Lager gekleidet: eine bauschige Hose aus roter Seide, darüber ein violettes Gewand, bestickt mit goldenen Päonien und Löwen. Sie läßt ihr schwarzes Haar nach rückwärts fallen, es kann wohl tausend Männer binden, und läßt eine Brust sehen, weißer als der Schnee. Ihr Gesicht mit dem Lächeln der Pflaume gleicht der Blüte eines Birnbaumes.

»Die Blume ist zart, mein Herr, darum müßt Ihr sie oft begießen.«

Während sie solches spricht, ist die Pfirsichblüte rot geworden wie die untergehende Sonne.

»Die Blume ist trocken von der Hitze; begießt Ihr sie nicht schnell, so stirbt sie an Eurer Seite.«

Durch die Gnade der Besprengung entfaltet sich die Blume wieder; ihre Farben werden lebhafter.

»Zu Euch neigt sie sich hin und scheint wieder von Euch zu trinken zu verlangen.«

Nach häufiger Begießung öffnet sich auch die Knospe der Blume und ist so schön wie der Frühling.

»Nun ist die Zeit der Ruhe. Die Blume, von den Küssen des Schmetterlings müde gemacht, schließt sich und träumt. Ruht, mein Herr, neben ihr, damit Ihr morgen fähig seid, von neuem zu lernen.«

Die verräterische Trompete / Aus dem Mongolischen

Im Süden Indiens lebte ein reicher Mann, der einen sehr einfältigen Sohn hatte. Nach dem Tode seiner Eltern kam dieser junge Mann in den Besitz eines ansehnlichen Vermögens und heiratete ein treffliches Weib. Weil er nun ohne allen Umgang lebte und sehr beschränkten Verstandes war, kam er nirgends hin, band nie seinen Gürtel um, verließ mit seinem Weibe zu keiner Zeit das Haus.

Da waren nun einmal aus einer anderen Gegend her zahlreiche Kaufleute gekommen, mit denen die Frau einen Handel abschloß. Nachdem diese Kaufleute abgezogen waren, legte die Frau an jener Stelle, wo der Handel zustande gekommen war, das Gefieder eines Greifen nieder. Darauf sprach sie zum Manne: »Zwar verstehst du nichts vom Handel, warum aber sollte, wenn du geschäftig aus und ein gingest, sich nicht etwas erwerben lassen? Ist ja der zu erwerbende Gewinn für den Mann ein offenes Feld! Womit sollen wir, wenn das vom Vater überkommene Vermögen erschöpft ist, unser Leben fristen? Geh hinaus und wende dich nach jenem Orte, wo die Kaufleute gewesen sind.«

Als der Mann diesen Worten gemäß ausgegangen war, fand er die zwei Flügel des Greifen und nahm sie in großer Freude mit sich nach Hause.

»Deine Worte,« sprach er zu seiner Frau, »sind wahr gewesen. Sieh, ich habe das da mitgebracht! Von morgen ab will ich auf den Handel ausgehen. Gib mir nur den nötigen Vorrat mit auf den Weg.« Die Frau sprach bei sich: »Auch ohne zu bitten wäre ihm das gewährt worden,« gab ihm die nötigen Lebensmittel, lud ihm auf einen Esel Reis, und mit der Anweisung, den Reis zu verkaufen, machte er sich reisefertig. Des anderen Tages in der Frühe ritt er davon.

Er erreichte den Strand eines großen Meeres und gelangte zu einer steilen Felswand, die einer Räuberbande zum Aufenthalt diente. Während er ganz hinten in einer Felsenhöhle für seinen Esel Platz fand, kletterte er auf ein Felsstück am Eingang der Höhle und setzte sich da nieder, um seine Mahlzeit zu verzehren.

Während er so saß, kam eine Schar Kaufleute. Am Eingänge der Felsgrotte stapelten sie ihre Waren auf, in einen Winkel lagerten sich die Kaufleute selber, ihre Trompete aber legten sie aus Furcht vor den Räubern über den Eingang der Felsenhöhle nieder. Unseren Mann, der da aß, nahmen sie nicht wahr, und der hütete sich auch, sich bemerklich zu machen. Weil nun der einfältige Mensch, als er seine Mahlzeit verzehrt hatte, gewaltig angegessen war, und gegenüber seinem Hintern, der einen großen Blästerling fahren ließ, gerade die große Trompete zu liegen gekommen war, so gab diese Trompete einen mächtigen Schall von sich. Die Kaufleute, im Glauben, die Räuber seien gekommen, ließen erschreckt ihre Waren im Stich und machten sich in eiliger Flucht auf und davon.

Als sich nun unser Mann des Morgens in der Frühe erhob und nirgends auch nur einen Menschen erblickte, lud er sämtliche zurückgelassenen Waren auf und kehrte damit nach Hause zurück.

Alle Leute sahen ihn mit Staunen und sprachen untereinander: »Ist der aber reich und mächtig geworden! Indem er so viele Feinde besiegte, ist er so reich an Beute geworden.« Aber seine Frau dachte: »So viel wegzunehmen, dazu hat er nicht den geringsten Mut; wahrscheinlich ist er durch eine Windbeutelei dazu gekommen; ich will es aber schon herauskriegen.« Während sie noch so bei sich dachte, sprach der Mann: »Ich will jetzt auf die Jagd gehen.« Worauf die Frau sagte: »Wenn du gehen willst, so gerate nur nicht in die Gesellschaft böser Menschen.« »Für mich,« versetzte er, »dürste nicht so leicht jemand unüberwindlich sein!« Die Frau sprach: »Bei weitem stärker als du ist der Held Surja Bagatur; mit ihm nimmst du es nicht auf; der wird dich erschlagen ganz bestimmt.« Doch mit den Worten: »Vor dem habe ich keine Angst,« setzte er sich auf ein vortreffliches Pferd und ritt davon. Seine Frau zog rasch Mannskleider an, gürtete sich ein Schwert um und bestieg ein schnelles Roß; ohne sich ihrem Manne zu zeigen, kam sie auf einem anderen Wege ihm zuvor. Kaum hatte er sie auf einer großen Ebene erblickt, so ergriff er, ohne seine Frau zu erkennen, die Flucht. Aber die Frau eilte ihm nach, und ohne einen Laut von sich zu geben, zog sie das Schwert, holte damit aus und jagte ihm einen gewaltigen Schrecken ein. Bogen und Pfeil samt Roß, von dem er abgestiegen war, überreichte er ihr. Die Frau sprang auch vom Pferde ab, setzte sich rücklings auf ihren Mann und begann ihn wie ein Pferd anzutreiben.

»Ach,« flehte er, »töte mich nicht! Bogen und Pfeile und Roß nimm hin!« – »Nun denn,« sprach sie, »so führe deinen Mund dorthin, dann will ich dich frei lassen.« »Deinen Worten werde ich nachkommen,« sagte er, und nachdem die Frau die Beinkleider weggetan und sich hatte küssen lassen, ließ sie ihn frei. Dann nahm sie des Mannes Waffen um und stieg auf das Pferd. Da sagte ganz traurig der Mann: »Du bist gewiß der Held Surja Bagatur.« »Der bin ich,« sagte die Frau und ritt davon.

Spät nach ihr in der Nacht kam auch der Mann nach Hause. Die Frau fragte ihn: »Wo sind Bogen und Pfeile und wo ist dein Roß?« »Heute bin ich,« sagte er, »mit dem Helden Surja Bagatur zusammen getroffen. Weil ich bis zu Ende des Tages mit ihm mich schlagend meine Kraft erschöpfte, so hat er mir Bogen und Pfeile samt dem Roß weggenommen.« Die Frau röstete hierauf Getreidekörner zum Essen und setzte sie ihm vor. »Du mußt mir,« sagte sie, »ausführlich erzählen, wie ihr beide miteinander gerungen habt.« Als er sich satt gegessen hatte, sprach er: »Ausgenommen, daß er bartlos ist, sieht er deinem Vater gleich.« Und als die Frau ihn weiter fragte, fuhr er fort: »Dieser Surja Bagatur ist ein Mensch mit zwei Hintern, am übrigen Körper aber sieht er einem Weibe ganz ähnlich.«

Darüber brach die Frau in ein großes Lachen aus.

Der Kaufmann und seine Frau / Aus dem Persischen

In einer gewissen Stadt war ein reicher Kaufmann, der eine hübsche und lüsterne Frau hatte. Einstmals reiste dieser Kaufmann nach einem anderen Land, um da einen Handel zu besorgen. Während seiner Abwesenheit besuchte die Frau fremde Gesellschaften und Männer und sang da und tanzte und trieb die Liebe mit vielen, denn in ihr brannte das Feuer mächtig. Nachdem der Kaufmann einige Zeit in der Fremde gewesen, kam er wieder heim in seine Stadt, und da es Nacht war, konnte er nicht in sein Haus kommen. Also nahm er Wohnung an einem anderen Ort, und nachdem er eine Kupplerin hatte rufen lassen, sprach er zu ihr: »Bring mir doch für diese Nacht ein hübsches gefälliges Weib, mit dem ich mir die Zeit vertreiben kann.«

Es fügte sich, daß die Kupplerin zu der Frau des Kaufmanns ging und sagte: »Ein reicher Mann ist aus Balsora gekommen und möchte ein Frauenzimmer für die Nacht; steht auf und geht zu ihm.«

Die Frau putzte sich mit Juwelen und schönen Stoffen, ging zu ihm und erkannte ihren Mann. Sogleich fing sie an zu schreien:

»Oh, ihr Nachbarn, hört meine Beschwerde! Sechs Jahre sind verflossen, seitdem dieser mein Gatte in die Fremde ging; ich habe jeden Tag und jede Nacht auf ihn gewartet; nun ist er zurückgekommen und hat an diesem Ort seine Wohnung genommen, ohne an mich zu denken. Und hat nach einem Weibe verlangt für seine Lust. Man hat mich aber davon benachrichtigt, und ich bin gekommen. Wollt ihr in dieser Sache Recht ergehen lassen, so ist es gut, sonst will ich zum Kadi gehen und mich von meinem Mann scheiden lassen.«

Die Nachbarn liefen zusammen und stifteten Frieden zwischen dem Kaufmann und seiner Frau.

Esthers Wahl / Aus dem Hebräischen

In Sidon, der mächtigen Stadt, lebte ein frommer Israelit, der war reich und angesehen bei allen, die ihn kannten, selbst bei den Vornehmen. Und in ganz Sidon war keiner, der ein schöneres Weib hatte, denn es glich ihre Schönheit der Lieblichkeit Sarahs.

Und doch war für diese Reichen kein Glück: das Schreien eines Säuglings war nie in ihrem Hause vernommen worden und keine Kinderstimme hatte je Sonnenschein in ihrem Herzen werden lassen. Und so hörte er bisweilen Vorwürfe, die sagten: »Lehren nicht die Rabbis, daß, so einer mit seinem Weibe zehn Jahre gelebt und aus ihr keine Kinder hat, er sich von ihr trennen soll und ihr geben an Heiratsgut, was das Gesetz vorschreibt; denn es kann sein, daß er nicht würdig befunden wurde, von ihr Nachkommen zu haben.« Und andere wieder, die gaben die Schuld der Frau und glaubten, daß ihre Schönheit sie stolz gemacht habe und ihre Unfruchtbarkeit die Strafe für ihre Eitelkeit sei.

Also sah eines Morgens Rabbi Simon ben Nochai zwei Besucher in den Vorraum seines Hauses treten, und waren es der reiche Kaufmann aus Sidon und sein Weib, die den heiligen Mann mit Salem Aleikum begrüßten. Der Rabbi schaute nicht auf nach der Frau Antlitz, denn auch nur die Ferse eines Weibes anzusehen, ist den heiligen Männern verboten; doch fühlte er die Süße ihrer Gegenwart, wie sie das ganze Haus durchdrang wie der Duft der Blumen, welche die Hände des Gebetengels geflochten haben. Und der Rabbi wußte, daß die Frau weinte.

Der Gatte sprach nun also: »Hör', Rabbi, es ist jetzt mehr als zehn Jahre her, da ich Esther vermählt wurde; zwanzig Jahre war ich damals alt, und es verlangte mich, der Lehre zu folgen, die sagt, daß wer nach zwanzig unverheiratet ist, täglich gegen Gott sich vergeht. Esther war, du weißt es, o Rabbi, die allerschönste Magd in Sidon; und immer war sie mir ein liebendes und süßes Weib gewesen, und ich konnte an ihr kein Fehl finden. Ich bin aber seitdem ein reicher Jude geworden; die Männer von Tyrus keimen mich, und die karthagischen Kaufleute schwören auf meinen Namen. Viele Schiffe hab' ich, die mir Elfenbein und Gold aus Ophir und wertvolle Juwelen aus dem Osten bringen; ich habe Gefäße aus Onyx und Becher aus kunstvoll geschnittenem Smaragd, und Wagen, und Pferde. Kein Fürst ist reicher als ich bin. Und ich danke das dem Segen des Allerheiligsten. Er sei gesegnet, und ich danke es auch Esther, meinem Weibe, die weise und wachsam ist und klug im Rate.

Doch, o Rabbi, gern gäbe ich all meinen Reichtum für einen Sohn! Dafür, daß man mich als einen Vater kenne in Israel. Der Allerheiligste – Er sei gesegnet – hat mir dies nicht gegeben, so daß ich mich unwürdig dachte, Kinder von einem so schönen und guten Weibe zu haben. Darum bitte ich dich, daß du eine gesetzliche Verfügung zur Trennung gebest; denn ich habe mich entschlossen, mich von Esther zu trennen und ihr das Heiratsteil reichlich zu geben, daß uns fürder kein Vorwurf mehr treffe in Israel.«

Rabbi Simon ben Yochai strich sich gedankenvoll das matte Silber seines Bartes. Ein Schweigen wie das der Schekinah fiel über die Drei. Ganz schwach kam von weitem her an ihre Ohren das seegleiche Geräusch von Sidons Handel. Da sprach der Rabbi; und als Esther ihn ansah, schien es ihr, als lächelten seine Augen, denn keiner hatte den heiligen Mann je mit den Lippen lächeln sehen.

Mag sein, daß seine Augen lächelten, als er in das Herz der beiden sah. Nun sprach er: »Mein Sohn, es würde Ärgernis in Israel sein, tätest du was du vorhast allsofort und ohne rechte Bekanntmachung; denn es könnten die Leute glauben, Esther sei kein braves Weib gewesen oder du ein zu eigenwilliger Gatte. Und es ist nicht recht, Anlaß zu Groll zu geben. Deshalb geh nach Hause, bereite ein Fest, und lade dazu alle deine und deines Weibes Freunde und alle, die bei deiner Hochzeit waren, und sprich zu ihnen wie ein rechter Mann zu rechten Leuten und sag ihnen, weshalb du dies tust und daß an Esther kein Fehl sei. Dann komme am anderen Morgen wieder zu mir, und ich will dir den Brief deiner Trennung geben.«

So ward also ein großes Fest geladen und waren viele Gäste da und unter ihnen alle, die bei der Hochzeit Esthers waren, und von ihnen nur jene nicht, die Azrael bei der Hand hinweggeführt hatte. Man trank viel köstlichen Wein, die Gerichte dampften auf goldnen Schüsseln, und zur Rechten jedes Gastes stand ein Becher aus Onyx. Und der Gatte sprach liebevoll zu seinem Weibe vor allen Gästen und sagte: »Viele Jahre haben wir in Liebe miteinander gelebt und wenn wir uns jetzt trennen müssen, so weißt du, ist es nicht, weil ich dich nicht liebe, sondern weil dem Herrn nicht gefallen hat, uns mit Kindern zu segnen. Und da ich dich liebe und dir alles Gute wünsche, so will ich, daß du aus meinem Hause mit dir nimmst, was immer du wählst, sei es auch das Kostbarste.«

Der Wein ging herum, und die Nacht ging hin in Lust und Sang, bis den Gästen die Köpfe schwer wurden; und da kam ein Summen in ihre Ohren wie von zahllosen Bienen, und ihre Bärte hörten auf, sich mit Lachen zu schütteln, und ein tiefer Schlaf kam über alle.

Alsbald rief Esther ihre Mägde und sprach zu ihnen: »Seht, mein Gemahl ist in tiefen Schlaf gesunken. Ich gehe ins Haus meines Vaters; bringt auch meinen Gemahl dahin, während er schlaft.«

Und als am nächsten Morgen der Gatte erwachte, fand er sich in einem fremden Gemache und einem fremden Bette. Aber die Süßigkeit von eines Weibes Gegenwart und die Elfenbeinfinger, die seinen Bart streichelten, und die Weiche der Knie, die seinem Kopf Kissen waren, und die Leuchtung der dunklen Augen, die in die seinen schauten, als er erwachte, all das war ihm nicht fremd; denn er wußte, daß sein Haupt in Esthers Schoß ruhte. Und bestürzt von den kummergeborenen Träumen der Nacht schrie er auf: »Was hast du getan?«

Darauf kam süßer als die Stimme der Tauben in den Feigenbäumen Esthers Stimme: »Batest du mich nicht, mein Gemahl, daß ich wählen und aus dem Hause mit mir nehmen sollte, was mich am meisten verlangt? Und ich habe dich gewählt und hergebracht in meines Vaters Haus, da ich dich mehr liebe als irgendwas in der Welt. Willst du mich von dir stoßen?«

Und er konnte ihr Angesicht nicht sehen vor Tränen der Liebe und hörte ihre Stimme reden und sprechen die Worte der Ruth, die alt sind und so jung den Herzen aller, die lieben: »Wohin immer du gehst, will auch ich gehen; wo immer du rastest, da will auch ich rasten. Und der Engel des Todes allein soll uns trennen, denn du bist ganz in mir und bist mein alles.«

Und im goldenen Sonnenlicht der Tür stand auf einmal wie ein Bildnis aus babylonischem Silber die große graue Gestalt des Rabbi Simon ben Dochai, der segnend seine Hände hob.

»Schmah Israel! Der Herr, unser alleiniger Gott, segne euch! Mögen eure Herzen in Liebe schmelzen, wie Gold zu Gold durch die Geschicklichkeit der Goldschmiede. Möge der Herr, der die einzelnen verband, über euch wachen! Der Herr segne dieses Weib, wie Rachel und Lie, und mögen eure Kinder und Kindeskinder leben im Hause des Herrn!«

Und also segnete sie der Herr. Esther ward fruchtbar wie der Weinstock, und sie sahen ihre Kindeskinder in Israel. Denn es steht geschrieben: Er wird das Gebet des Hilflosen hören.

Die unerbittliche Kurtisane / Aus dem Syrischen

In einer hindostanischen Stadt herrschte ein junger Fürst so gerecht, daß keiner seiner Untertanen die geringste Unbill erfuhr und sein Staat der blühendste war wegen der Freigebigkeit seines Beherrschers. Eines Tages bekam er Lust, ein anderes Reich zu besuchen, eine Zeit auf Reisen zu verbringen, um das Vergnügen des Wechsels zu haben und Erfahrungen zu gewinnen.

Er ließ also seinen ersten Minister kommen und sagte ihm seine Absicht. »Ich übergebe dir mein Reich, sieh, daß du gut und rechtlich herrschest. In einem Jahre kehre ich zurück; aber bin ich zu dieser Zeit noch nicht da, so übergibst du die Regierung meinem zweiten Minister und gehst mich suchen.« So ward es abgemacht zwischen dem Könige und seinem ersten Vezier.

Beim Morgenrot des nächsten Tages erhob sich der König, begab sich in den Thronsaal, rief seinen Minister und übergab ihm feierlich die Regierung. Er nahm nur einige edle Steine mit und machte sich auf die Reise. Nachdem er an sieben Orten gewesen war, kam er in einen Wald, in dem ein viereckiger Teich war. Am Ufer traf er vier Diebe, die sich darüber stritten, wem jedes der vier Dinge, die sie gerade gestohlen hatten, gehören solle. Das erste war ein Schwert, das zweite eine Schale aus chinesischem Porzellan, das dritte ein Teppich und das vierte ein edelsteinbesetzter Thronsessel. Kaum hatten die Diebe den König bemerkt, als sie, ohne seine Würde zu kennen und bloß von seinem Aussehen bestimmt, ihn baten, er möge zwischen ihnen den Richter machen, indem sie ihm auch sagten, was sie seien. Sie sagten ihm auch, worin der Wert der Gegenstände bestünde, die sie sich streitig machten.

»Das Schwert vermag einen oder auch mehrere Feinde zu erreichen und ihnen den Kopf zu spalten, seien sie auch mehrere Meilen weit entfernt. Die Schale füllt sich mit Früchten und erlesenen Speisen, sooft man nur den Wunsch ausspricht. Aus dem Teppich kann man Geld ausschütteln so viel man will. Und der Thronsessel bringt einen überall hin, wohin man mag.«

Der verwunderte König beschloß sofort, diese vier Gegenstände sich anzueignen und selber zu gebrauchen. So sagte er also den vier

Dieben, sie möchten sich in den Weiher stürzen, und das kostbarste der vier Dinge stünde dem zur Wahl, der am längsten unter Wasser bliebe, die weniger kostbaren denen, die weniger lang blieben. Die Diebe nahmen den Vorschlag an, hatten aber noch kaum die Köpfe unterm Wasser, als der König Schwert, Schale und Teppich nahm und sich auf den Thronsessel setzte. Er sprach gleichzeitig den Wunsch aus, in einer ferngelegenen Stadt zu sein, und schon war er da. Er sah zuerst einen Kiosk und stieg da ab. Er ließ den Thronsessel, der ihm als Wagen gedient hatte, da und ebenso die anderen Gegenstände und ging, ein Haus zu mieten, durch die Stadt.

Wie die Herrlichkeiten dieser Stadt beschreiben, und wie die Schönheit ihrer Frauen, die nie vergißt, wer sie einmal gesehen hat! Die Stadt schien von Engeln gebaut und glich wohl deshalb dem Paradiese.

Der König kam vor einen prächtigen Palast, dessen halbmondförmige Zinnen den Augenbrauen der Frauen glichen und dessen Bemalung an ihr gemaltes Antlitz erinnerte. Der König war entzückt und fragte einen, der vorüberging, wem dieses Haus gehöre; er erfuhr, daß darin eine berühmte Kurtisane wohne. An der Pforte war eine Trommel, und die mußte der schlagen, der Einlaß begehrte, und darauf hunderttausend Goldstücke legen. Den König gelüstete es nach dem Abenteuer; er schlug die Trommel und legte die Summe Geldes darauf. Kaum daß der Schall verklungen war, gab die Kurtisane Auftrag, den vornehmen Herrn hereinzuführen. Der König fand die Herrin des Hauses auf einem herrlichen Lager liegend, das war mit Perlen auf ägyptischem Seidenstoff reich geziert. Ihr Antlitz war wie der Mond um Mitternacht; die schwarzen Locken ihres Haares glichen einem Pelz aus Ebenholz. So groß war ihre Schönheit, daß, wer sie sah, in Ohnmacht fiel. So ging es auch dem jungen Fürsten. Sogleich erhob sie sich, schritt auf ihn zu und ließ ihm Rosenöl riechen. Nachdem er wieder zu sich gekommen war, nahm sie ihn bei der Hand, ließ ihn neben sich setzen und ihm einen Becher Wein bringen, der seinen Liebesrausch noch erhöhte. Hierauf entkleidete sie ihn halb und entkleidete sich selbst. Endlich ließ sie ihn an dem Honig ihrer Reize kosten und zog ihn zu sich, während sie sich nach rückwärts warf. Hierauf weihte sie ihn in alle Geheimnisse der Liebe ein. Sie machte ihm die Liebkosungen, die Frauen sich untereinander machen, und als er etwas ermüdet war,

erweckte sie ihn wieder, indem sie ihn mit den Fingern streichelte.
Zum Schlusse führte sie ihn in ein Bad aus Jaspis und Onyx, rieb
ihn und drückte ihn da zum Klange der Musik und ließ ihn in solcher Erregung, daß er alle seine Absichten vergaß und drei Monate
bei dieser außerordentlichen Frau blieb. Aus seinem Wunderteppich beschenkte er sie reichlich.

Die schlaue Kurtisane merkte schließlich, daß die Freigebigkeit
des Fürsten eine übernatürliche Ursache haben müsse. Sie ließ ihn
durch ihre Kammerzofe ausspionieren. Die ging ihm nach bis dorthin, wo er die vier Wunderdinge verwahrte und sah, wie er aus
dem Teppich die hunderttausend Goldstücke schüttelte, welche
ihre Herrin jeden Tag verlangte und bekam. Dies meldete sie.

Die Kurtisane ergriff sofort das Verlangen, sich dieser kostbaren
Gegenstände zu bemächtigen. Am nächsten Morgen fragte sie den
Fürsten, wie es komme, daß er den König dieses Reiches nicht besuche und ihn nicht zu sich einlade. Er antwortete, er wolle es tun. Da
sagte die durchtriebene Kurtisane, sie fürchte, sein Reichtum würde
sich erschöpfen, und daß sie ihm dann nicht mehr zu Diensten sein
könne. Er beruhigte sie darüber, indem er ihr versicherte, sie brauche nur einen Wunsch auszusprechen, um ihn sofort erfüllt zu bekommen.

Diese Mitteilung machte die Kurtisane kühn, und sie bat den
Fürsten inständig, er möge ihr dieses Geheimnis mitteilen. Und am
nächsten Morgen war er schwach genug, die Wunderdinge mitzubringen und ihr zu erklären. Hierauf nahm der Fürst eine Menge
Trabanten und Reiter und Arkebusiere in Dienst; er versah sich mit
einem eines Königs würdigen Palankin und allem, was zu einem
fürstlichen Gefolge nötig ist und verständigte die Schöne, daß er
den König besuchen und eine Jagd abhalten wolle, um alle seine
Herrlichkeit zu zeigen.

Kaum war er fort, als die schöne Ungetreue die Wunderdinge
nahm, an einen sichern Ort brachte und hierauf Feuer an ihr eigenes
Haus legte; um an einen zufälligen Brand glauben zu machen, heuchelte sie die heftigste Verzweiflung. Der Fürst eilte herbei und fand
die, die er liebte, mit aufgelöstem Haar. Gerührt hob er sie auf und
sagte: »Was liegt daran, daß die Flammen alles verzehrt haben,

wenn nur du gerettet bist.« Und er suchte sein Unglück neben seiner unwürdigen Geliebten zu vergessen.

Zwanzig Tage vergingen so, als die Kurtisane durch ihre Kammerfrau vom Prinzen zwanzig mal hunderttausend Goldstücke verlangte. Es waren ihm an Geschmeiden noch fünfzig mal hunderttausend Goldstücke geblieben. Er ließ sie durch seinen Diener bei einem Juwelier verkaufen und schickte den ganzen Erlös der Kammerfrau für ihre Herrin. Aber nach wenigen Tagen verlangte sie wieder Geld, und der liebesblinde Fürst verkaufte seine Waffen, Elefanten, Pferde und Kameele, um seine habgierige Geliebte zufrieden zu stellen. Das reichte für ein paar Tage, und dann besaß er nichts mehr. Als ihn die herzlose Schöne arm sah, gab sie ihren Leuten Auftrag, den Fürsten nicht mehr vorzulassen. Er bat und flehte, aber sie blieb unerbittlich.

Zwei Monate verlebte der Fürst im größten Elend, ohne andere Zuflucht als die äußere Torhalle jener, die ihn zugrunde gerichtet hatte. Er ward schwach und zum Sterben krank, aber hielt seine Augen dorthin gerichtet, wo er die unerbittliche Kurtisane vermeinte.

Als das zwischen dem Fürsten und seinem Vezier beschlossene Jahr herum war, machte sich dieser auf den Weg, seinem Herrn zu suchen. Durch manche Länder war er schon gewandert, als er in einen Bambuswald kam. Inmitten dieses Waldes waren zwei Quellen, das Wasser der einen war schwarz und brausend, das der anderen aber weiß, und dieses sprang in die Höhe. Zu der schwarzen Quelle kam ein Schakal, um zu trinken. Aber kaum hatte er seine Zunge ins Wasser gesteckt, als es ihm mit aller Anstrengung nicht möglich war, sie wieder herauszuziehen, bis der Wind von dem weißen Wasser einige Tropfen auf ihn hinübertrug, – da wurde er wieder frei und lief davon. Der erstaunte Vezier verstand die Eigenschaft dieser zwei wunderbaren Quellen und füllte je eine Flasche mit ihrem Wassern.

Endlich kam er, zehn Monate, nachdem er sein Land verlassen hatte, in die Stadt, wo die Kurtisane wohnte. Auf seine Frage nach dem Fürsten erfuhr er, daß er aus Liebe und Elend an der Tür einer Kurtisane liege. Kaum hatte der Vezier das vernommen, als er dahin eilte und den Fürsten fand. Der umarmte gerührt seinen Minister, der sich beeilte, seinen Herrn zu geschickten Ärzten zu bringen, die ihm bald wieder seine frühere Gesundheit und Schönheit wiedergaben. Er erzählte dem Vezier, was ihm begegnet war, und der bewunderte die Treue seiner Liebe und versprach ihm, die übermütige Schöne zu seiner Sklavin zu machen. »Hier sind,« sagte er, »dreihunderttausend Goldstücke; geht noch einmal in das Haus dieser Habsüchtigen, und verlangt bloß von ihr, daß ich mit Euch gehen und bei Euch bleiben darf; sagt, ich sei Euer Diener.«

Also geschah es. Die Kurtisane empfing aus Neugierde ihren alten Geliebten, als sie erstaunt hörte, daß er Geld habe. Der König begegnete ihr ohne Zorn, glücklich, sie wiederzusehen. So ließen sie sich auf einem Lager nieder und unterhielten sich. Als der Fürst ganz eng mit ihr umschlungen war, fragte er, ob sie nicht seinen Diener rufen wolle, daß er Waschwasser bringe. Sie tat es, und sofort besprengte der Vezier das Paar mit einigen Tropfen des schwarzen Wassers, und die Kurtisane konnte sich nicht mehr rühren; sie mochte sich drehen und wenden wie sie wollte. Ihre Dienerinnen waren erstaunt und erschrocken, als sie das sahen, warfen sich vor dem Vezier, den sie als den Urheber dieses Wunders vermuteten, auf die Knie und baten, er möge ihre Herrin befreien. »Ich kann es nicht eher,« sagte er ihnen, »bevor ihr mir nicht eine chinesische Schale, ein Schwert, einen Teppich und einen Thronsessel verschafft habt. Ich will in die Schale ein Medikament geben, eure Herrin und den Jüngling mit dem Teppich bedecken und so auf den Thron setzen; ich will das Schwert über sie halten und lasse sie die Medizin trinken, die ihnen wieder die Freiheit gibt.«

Die Dienerinnen beeilten sich, das Verlangte herbeizuschaffen; und nachdem er dann das unlösliche Paar auf den Thron gesetzt hatte, stellte er sich rasch selber darauf, und in einer Stunde waren sie alle drei im Reiche des Fürsten. Auf dem Wege dahin besprengte er seinen Herrn mit ein paar Tropfen aus der weißen Quelle, die ihm erlaubten, sich aus den Umschlingungen seiner Schönen zu lösen. Hierauf ergriff der Fürst wieder die Regierung und erfreute sich wieder seiner Wunderdinge, der beiden kostbaren Wasser und seiner Geliebten, die nun eine ergebene Sklavin war.

Der Sänger / Aus dem Türkischen

In der Stadt Hamadan lebte einst ein Mann von ganz ungewöhnlicher Schönheit. Er war jung, sang mit einer angenehmen Stimme, spielte hübsch die Laute und war überall gern gesehen.

Eines Tages machte er sich auf die Reise in die Fremde und kam nach Ispahan; Lied und Laute waren sein Reisegepäck. Als er so durch die Straßen ging, kam er an dem Hause eines Apothekers vorbei, der ihn zu sich einlud. Er nahm es an und setzte sich neben den Apotheker, der ihn auszufragen begann. Nachdem der Sänger die Neugierde des Persers befriedigt hatte, ließ dieser zu essen und zu trinken kommen und sagte: »Wenn du hier dein Glück machen willst, so brauchst du nur mit deiner Laute durch die Straßen ziehen, und kommt dir der Geruch einer guten Küche in die Nase, so tritt ganz ruhig ein und sag, du seist ein Sänger. Die Gäste werden entzückt sein und dir sagen, zu bleiben. Hast du ihnen dann was vorgesungen und haben sie dein Talent erkannt, wird sich dein Ruf durch die ganze Stadt verbreiten und dein Glück ist gemacht.« Der Sänger dankte für den guten Rat und ging, ihn zu befolgen. Aber bis zur Mittagsstunde fand er keinen, der ihn zum Mahle einlud. So ging er schließlich in ein ganz enges Gäßchen, um sich da im Schatten auszuruhn. Es war da ein schönes weitläufiges Haus, an dessen Mauer er sich niederlassen wollte. Während er so das Haus hinaufschaute, öffnete sich ein Fenster, und er sah eine weibliche Hand, so schön wie das Mondviertel. Und gleichzeitig hörte er die hübsche Frau, die das Fenster geöffnet, sagen:

»Weshalb stehst du da unten? Willst du etwas?«

»Ich bin hier fremd und ein Sänger.«

»Was sagtest du wohl dazu,« ließ sich die Stimme wieder hören, »wenn man dir ein gutes Mahl in Gesellschaft einer hübschen Frau anböte?«

»Das ist es gerade, was ich suche, da ich so durch die Straßen ging.«

Da öffnete sie ihm auch schon die Tür, führte ihn in das prächtigste Gemach des Hauses und setzte ihm ein köstliches Mahl vor.

Er ließ es sich gut schmecken, trank tapfer und vergaß dabei nicht, auf die herausfordernden Neckereien der jungen Frau zu antworten. Schließlich gingen diese Scherze so weit, daß er die Schöne küßte, zu ihres Herzens Freude. Als er sich eben mit ihr vergnügte, kam der Gatte heim. Sie hatte gerade noch Zeit, ihren Geliebten unter einem Teppich zu verstecken, der in einer Ecke des Zimmers lag.

Der Ehemann merkte sofort das zerstörte Sofa und daß die Luft nach Wein und seiner Frau röche. Er nahm sie in Verhör und sie sagte:

»Eine meiner Freundinnen hat mich besucht, ich lud sie zu einem Krug Wein, sie ist soeben fortgegangen.«

Der Mann glaubte ihr das aufs Wort, blieb eine Weile und ging dann seinen Geschäften nach.

Der gute Tropf war aber kein anderer als der Apotheker, der dem Sänger so gute Ratschläge gegeben hatte.

Der Sänger kroch nun unter seinem Teppich hervor und tat der Dame Wunder und Gefallen bis zum Abend. Da gab sie ihm ein Goldstück und sagte: »Morgen kommst du wieder.« Er versprach es und ging.

Er war zuerst im Bad gewesen und begab sich dann andern morgens zu seinem Freunde, dem Apotheker. Der begrüßte ihn herzlich und fragte ihn, wie er den anderen Tag verbracht habe.

»Ich bin dir sehr dankbar, mein Bruder,« sagte der Sänger, »denn du hast mir einen vortrefflichen Rat gegeben.« Und er begann alles genau zu erzählen. »Und wie sie gerade auf mir lag, da klopfte ihr Esel von Mann an die Türe. Ich muß abziehen und sie rollt mir schnell einen Teppich, statt ihrer, über den Leib. Aber der Dummkopf ging bald wieder und wir vollendeten unter Lachen und Küssen unser Werk, ihn zum Hahnrei zu machen.«

Diese Worte machten den Apotheker nachdenklich. Der Ratschlag, den er dem Manne aus Hamadan gegeben hatte, tat ihm leid und ein Verdacht gegen sein Weib stieg in ihm auf. Aber er ließ sich nichts merken und fragte nur den Sänger: »Und was sagte sie, als ihr euch trenntet?«

»Da hat sie mich auf den nächsten Tag eingeladen. Ich bin gerade auf dem Wege hin und nur für einen Augenblick bei Euch eingetreten, um Euch von meinem Glücke zu erzählen.« Darauf empfahl er sich und ging.

Sobald der Apotheker den Sänger bei sich zu Hause angekommen dachte, schloß er eiligst seinen Laden, lief nach Hause und klopfte an die Tür, kurz nachdem der Sänger eingetreten war.

Die Frau sagte zu ihrem Liebhaber: »Schnell, versteck dich im Koffer.« Der Sänger beeilte sich, und die Frau schloß den Koffer ab. Der Mann trat sehr aufgeregt herein und lief direkt auf den Teppich in der Ecke zu, durchsuchte darauf das ganze Haus, während seine Frau ruhig auf dem Koffer saß. Da dachte der Apotheker bei sich: Vielleicht gleicht das Haus, das mir der Sänger beschrieben hat, nur meinem, und handelt es sich um die Frau eines anderen.

Und von diesem Gedanken beruhigt, ging er wieder nach seinem Laden, und der Sänger stieg aus dem Koffer. Er nahm die unterbrochene Unterhaltung mit seiner Schönen wieder auf und führte sie bis zum Abend. Da gab ihm die Dame wieder ein Goldstuck und ließ sich versprechen, daß er am nächsten Tage wiederkomme.

Am nächsten Morgen kam der Sänger wieder zum Apotheker und erzählte ihm sein Abenteuer und sein Versteck im Koffer. »Wie der Trottel dann weg war, fanden wir uns schnell wieder ins Paradies.«

Diesmal war dem Apotheker klar, daß es sich um sein Haus und sein Weib handelte. Und als daher der Sänger sich empfohlen hatte, um, wie er sagte, zu seiner Schönen zu gehen, schloß der vor Eifersucht ganz tolle Apotheker seinen Laden und lief nach Hause. Die Frau sagte zu dem Sänger: »Wickle dich in den Teppich, der im andern Zimmer liegt.« Der wütende Apotheker lief gleich auf den Koffer zu, und als er darin nichts fand, durch alle Zimmer oben und unten im Haus, ohne was zu finden. Und wieder kamen ihm Zweifel und er machte sich heimlich Vorwürfe über seinen schlechten Verdacht und ging beruhigt wieder in seinen Laden. Das Spiel mit dem Sänger wurde darauf fortgesetzt wie sonst, und diesmal gab die Frau ihm zum Abschied eines der Hemden ihres Mannes und bestellte ihn auf den nächsten Morgen.

Nächsten morgens erzählte der Sänger dem Apotheker: »Meine Schöne hatte gerade angefangen, da ihr Mann kam und eilends seine Nase in den Koffer steckte. Dann lief er im Hause herum wie ein Wahnsinniger, bis er ging. Worauf wir weiter machten. Schau, dieses Hemd: das hat sie mir gestern gegeben. Leb wohl, ich muß wieder hin.«

Beim Anblick des Hemdes hatte der Mann keinen Zweifel mehr und rannte nach seinem Hause. Da hatte der Sänger seine Dame gerade auf das Sofa geworfen und wollte sich über sie her machen als sie sagte: »Nein, mein Liebling, nicht von der Seite." Und kehrte sich um. Aber dem Sänger gefiel das Spiel auch auf diese Weise, und er war gerade dabei, seine Geliebte glücklich zu machen, als der Ehemann kam. Die Frau sprach: »Mach schnell, und versteck dich im Backofen, aber schließ die Tür zu.«

Er tat so, während die Frau dem Manne öffnete. Der steckte vor allem, nachdem er ihr die Röcke aufgehoben hatte, den Finger zwischen ihre Schenkel, aber da fühlte er nichts sonst, als das gewöhnliche. Wie ein Narr lief er durch das Haus, ohne an den Backofen zu denken.

Darauf überlegte er lange und gründlich und kam zu dem Schluß, das Haus nicht früher zu verlassen als am nächsten Morgen.

Der Sänger begann sich in dem Backofen zu langweilen und wollte schon herausgehen, als er den glücklichen Einfall hatte, erst einmal durch einen Spalt in der Tür das Terrain auszukundschaften. Da sah er und erkannte er zu seiner großen Überraschung den Apotheker, seinen Freund. Betroffen von dem Streich, den er ihm ohne es zu wissen gespielt hatte, mußte er doch auf seine Rettung aus dem Hause bedacht sein. Das Tor war fest verschlossen; so mußte er über das Dach fliehen, wobei er in den Hof des Nachbarhauses kam. Unglücklicherweise erwischten ihn da die Hausleute und brachten ihn zu dem Hausherrn, der ein roher Afghane war und ihn als einen Räuber mit Schlägen traktierte. »Ich bin kein Räuber,« schrie der Sänger, »sondern ein Fremder, der sein Brot mit Liedersingen verdient. Ich habe von Euch sprechen gehört und bin gekommen. Euch was vorzusingen.« Wie sie das hörten, befreiten die Leute ihn aus den Händen des Afghanen, der von ihm nichts hören wollte und darauf bestand, diesen Dieb umzubringen. So führten sie ihn in ein Gemach, wo sie ihn erfrischten und ihn was singen ließen. Alle freuten sich sehr an seinen Liedern und seiner Stimme, und ganz besonders eine sehr hübsche Sklavin des Afghanen, die auch dem Sänger gar wohl gefiel. »Wenn die Herrschaft schlafen gegangen ist,« sagte sie ihm leise, »komme ich zu dir.« Das Singen dauerte bis in die Nacht, während der Afghane ging und die Sklavin mit sich nahm.

Der Zufall machte, daß bald darauf der Afghane sein Zimmer verließ und der Wind ihm die Laterne verlöschte, die er in der Hand trug. In der Dunkelheit machte er einen Fehltritt und stürzte. Bei dem Geräusch, das der Afghane dabei verursachte, glaubte der Sänger, es sei seine hübsche Sklavin, die zum Stelldichein käme, lief also herbei, hob den Mann auf, küßte ihn und drückte ihn zärtlich an sich. Der Afghane, der an solche Art Liebkosungen nicht gewohnt war, packte den Galan und schrie, daß das Haus aufwachte. Bei dem Lichte, das man herbeibrachte, erkannte man den Sänger. Darauf führte ihn der Afghane in den Hof und band ihn an einen Baum und ging.

Währenddem hatte der Apotheker, der den Lärm im Nachbarhause hörte und die Lichter von seinem Fenster aus sah, seinen Verdacht nicht verloren. »Mein Junge,« sagte er sich, »hat sich ohne Zweifel da hinüber gerettet.« So ging er in seinen Hof, nahm eine Leiter und stieg die Mauer hinauf, oben zog er die Leiter zu sich empor und ließ sie nach des Nachbarn Hof hinunter. Während er die Leiter hinunter stieg, befreite gerade die junge Sklavin, die den Tumult im Hause benutzt hatte, ihr Zimmer zu verlassen, den Sänger.

Der Apotheker zündet, wie er in dem fremden Hof steht, seine mitgebrachte Laterne an und geht mit einem mächtigen Knüppel auf die Suche. Der Sänger und die Sklavin aber entdecken die Leiter an der Mauer, steigen hinauf und nehmen hierauf die Leiter des guten Apothekers mit auf die andere Seite, wo die beiden lachend von des Apothekers Frau empfangen und ins Haus geführt werden. Währenddem sie sich da gütlich tun, hat der Afghane in seinem Hof das Licht gesehen und steigt mit einem dicken Knotenseil versehen hinunter, da er nichts anderes meint, als sein Gefangener hätte sich befreit. Den Apotheker hält er für einen Komplizen und stürzt sich auf ihn. Der stellt seine Laterne auf den Boden und empfängt ihn nicht übel. Und beide hauen einander mit Flüchen und Verwünschungen den Buckel voll. Die junge Sklavin bog sich vor Lachen, und da sie nichts von dem Schauspiel verlieren wollte, legte sie sich ins Fenster. Der Sänger ließ sich das nicht zweimal weisen und erfreute das Mädchen, während er in den Brüsten der Apothekersfrau wühlte, die neben ihnen am Fenster lag. Alle drei unterhielten sich so an der Liebe sowohl wie an dem Prügelschauspiel der beiden Helden drüben im Hof. Im gleichen Augenblick, da der Sänger sich fühlte, waren der Afghane und der Apotheker unten von Schlägen erschöpft hingesunken und die Nachbarn herbeigeeilt. Da riet nun die Frau, daß der Sänger und die Sklavin gehen sollten und am nächsten Morgen verließen sie beide die Stadt.

Die beiden Hahnreie waren einen Monat lang krank; der eine war fest davon überzeugt, daß ihm der andere die Sklavin geraubt, der andere ließ sich nicht davon abbringen, daß der erstere nächtlicherweise seine tugendhafte Frau habe überfallen wollen.

 tredition®

Über tredition

Eigenes Buch veröffentlichen

tredition wurde 2006 in Hamburg gegründet und hat seither mehrere tausend Buchtitel veröffentlicht. Autoren veröffentlichen in wenigen leichten Schritten gedruckte Bücher, e-Books und audioBooks. tredition hat das Ziel, die beste und fairste Veröffentlichungsmöglichkeit für Autoren zu bieten.

tredition wurde mit der Erkenntnis gegründet, dass nur etwa jedes 200. bei Verlagen eingereichte Manuskript veröffentlicht wird. Dabei hat jedes Buch seinen Markt, also seine Leser. tredition sorgt dafür, dass für jedes Buch die Leserschaft auch erreicht wird.

Im einzigartigen Literatur-Netzwerk von tredition bieten zahlreiche Literatur-Partner (das sind Lektoren, Übersetzer, Hörbuchsprecher und Illustratoren) ihre Dienstleistung an, um Manuskripte zu verbessern oder die Vielfalt zu erhöhen. Autoren vereinbaren direkt mit den Literatur-Partnern die Konditionen ihrer Zusammenarbeit und partizipieren gemeinsam am Erfolg des Buches.

Das gesamte Verlagsprogramm von tredition ist bei allen stationären Buchhandlungen und Online-Buchhändlern wie z. B. Amazon erhältlich. e-Books stehen bei den führenden Online-Portalen (z. B. iBookstore von Apple oder Kindle von Amazon) zum Verkauf.

Einfach leicht ein Buch veröffentlichen: **www.tredition.de**

Eigene Buchreihe oder eigenen Verlag gründen

Seit 2009 bietet tredition sein Verlagskonzept auch als sogenanntes "White-Label" an. Das bedeutet, dass andere Unternehmen, Institutionen und Personen risikofrei und unkompliziert selbst zum Herausgeber von Büchern und Buchreihen unter eigener Marke werden können. tredition übernimmt dabei das komplette Herstellungs- und Distributionsrisiko.

Zahlreiche Zeitschriften-, Zeitungs- und Buchverlage, Universitäten, Forschungseinrichtungen u.v.m. nutzen diese Dienstleistung von tredition, um unter eigener Marke ohne Risiko Bücher zu verlegen.

Alle Informationen im Internet: **www.tredition.de/fuer-verlage**

tredition wurde mit mehreren Innovationspreisen ausgezeichnet, u. a. mit dem Webfuture Award und dem Innovationspreis der Buch Digitale.

tredition ist Mitglied im Börsenverein des Deutschen Buchhandels.

Dieses Werk elektronisch lesen

Dieses Werk ist Teil der Gutenberg-DE Edition DVD. Diese enthält das komplette Archiv des Projekt Gutenberg-DE. Die DVD ist im Internet erhältlich auf **http://gutenbergshop.abc.de**